Jeph Loeb
Autor

Jim Lee
Zeichner

Batman geschaffen von
Bob Kane

BATMAN

HUSH

TEIL EINS

JIM
LEE
2001

DIE LEGENDE VON
BATMAN
GESCHAFFEN VON
BOB KANE
WER ER IST UND
WIE ER DAZU WURDE
von JEPH LOEB - JIM LEE
sowie SCOTT WILLIAMS
und SINCLAIR, STARKINGS,
DONTANVILLE, SCHRECK
MEIN NAME IST ALFRED PENNYWORTH. ICH STEHE SCHON IN DEN DIENSTEN DER FAMILIE WAYNE, SOLANGE ICH DENKEN KANN.
ICH ERZÄHLTE DIESE GESCHICHTE BISHER NOCH NIEMANDEM...
DR. THOMAS UND MARTHA WAYNE WAREN GUTE MENSCHEN. VIELE BETRACHTETEN SIE ALS DIE ANGESEHENSTE FAMILIE GOTHAMS.
THEATER
MARK OF
ZORRO
7:30 9:0
WENN SIE EINE SCHWÄCHE HATTEN, DANN FÜR IHREN SOHN, MASTER BRUCE. ETWAS, DASS ICH NACHVOLLZIEHEN KANN, DA ES MIR EBENSO GEHT.
ICH KANN MIR KAUM VORSTELLEN, WAS AUS DEM JUNGEN BRUCE HÄTTE WERDEN KÖNNEN, HÄTTE MAN IHN NICHT SEINER KINDHEIT BERAUBT.

UND DAMIT EINE GESPENSTISCHE VERÄNDERUNG IN IHM AUSGELÖST.
FÜR DIESES KIND GAB ES KEINE PHASE DER TRAUER. ER VERGEUDETE KEINE ZEIT MIT DEM WUNSCH, ER KÖNNE ES UNGESCHEHEN MACHEN.
FÜR IHN GAB ES NUR NOCH **DEN SCHWUR.**
IN DIESER NACHT LEISTETE ER AUF DER STRASSE, DIE MIT DEM BLUT SEINER ELTERN BEFLECKT WAR, EINEN EID--DIE STADT VON DEM BÖSEN ZU BEFREIEN, DAS IHNEN IHR LEBEN NAHM.
ES WAR EIN KAMPF GEGEN WINDMÜHLEN, SAGTE ICH MIR SELBST.
MITHILFE DES REICHTUMS SEINER FAMILIE GING MASTER BRUCE BEI DEN GRÖSSTEN KÄMPFERN, KRIMINOLOGEN UND DETEKTIVEN DER WELT IN DIE LEHRE.
ER WUSSTE, DASS KRIMINELLE VON NATUR AUS FEIGE UND ABERGLÄUBISCH WAREN.
ALSO LEGTE ER EIN CAPE UND EINE MASKE AN UND WURDE ZU EINER KREATUR DER NACHT, DIE ALLE GESETZESBRECHER JAGTE.
NUN KENNT MAN IHN ALS **BATMAN.**
ABER FÜR MICH WIRD ER IMMER DIESER KLEINE JUNGE BLEIBEN, DER VERSUCHT, ES WIEDER GUTZUMACHEN, DASS ER SEINE ELTERN NICHT RETTEN KONNTE.
UND ICH...? ICH KANN IHM NUR BIETEN, WAS IHM AM DRINGENDSTEN FEHLT...
LIEBE.

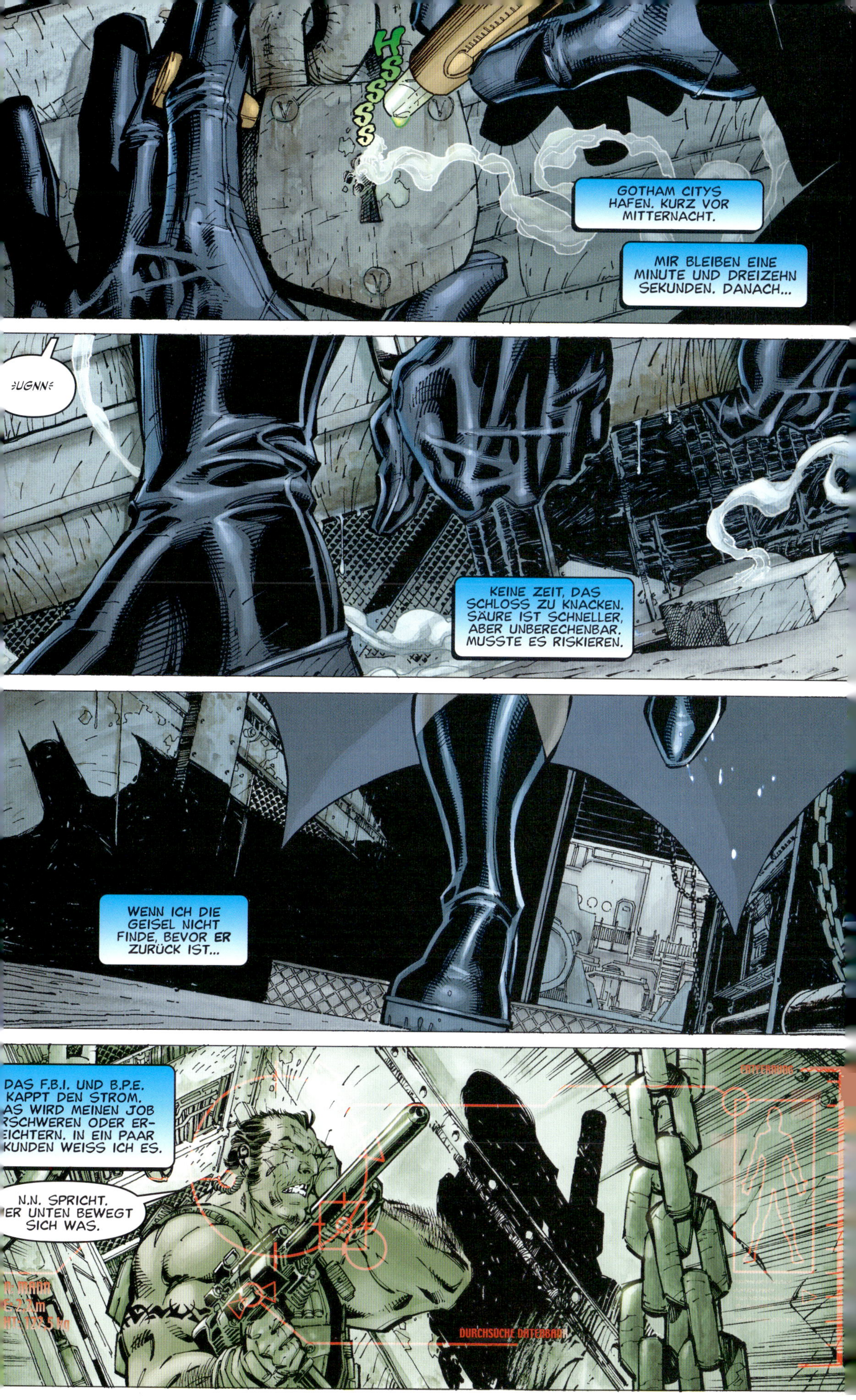

HSSSSS
GOTHAM CITYS HAFEN. KURZ VOR MITTERNACHT.
MIR BLEIBEN EINE MINUTE UND DREIZEHN SEKUNDEN. DANACH...
UGNN
KEINE ZEIT, DAS SCHLOSS ZU KNACKEN. SÄURE IST SCHNELLER, ABER UNBERECHENBAR. MUSSTE ES RISKIEREN.
WENN ICH DIE GEISEL NICHT FINDE, BEVOR ER ZURÜCK IST...
DAS F.B.I. UND B.P.E. KAPPT DEN STROM. AS WIRD MEINEN JOB RSCHWEREN ODER ER-EICHTERN. IN EIN PAAR KUNDEN WEISS ICH ES.
N.N. SPRICHT. ER UNTEN BEWEGT SICH WAS.
ENTFERNUNG
N: MANN
E: 2,2 m
HT: 127,5 kg
DURCHSUCHE DATENBANK

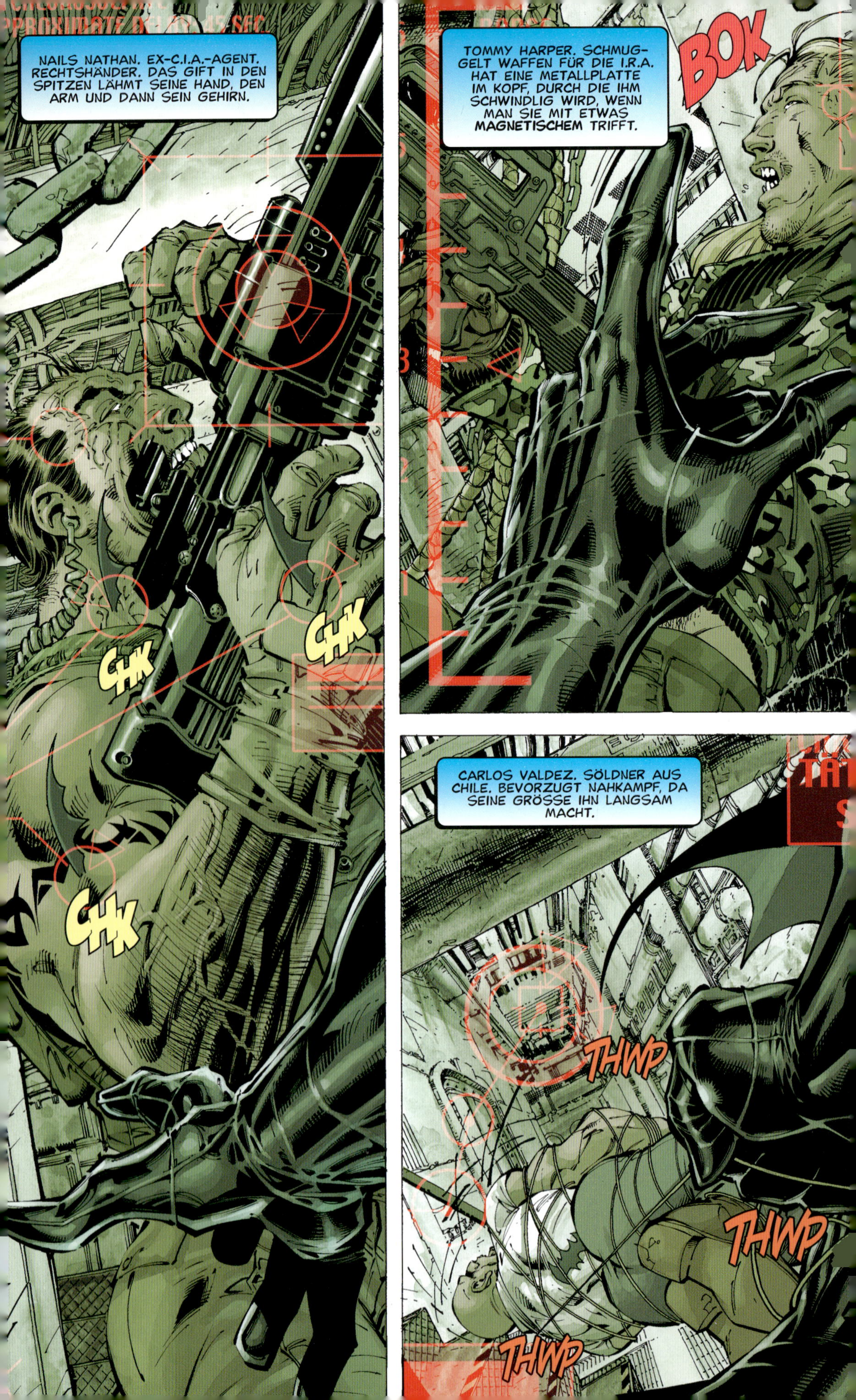
NAILS NATHAN. EX-C.I.A.-AGENT. RECHTSHÄNDER. DAS GIFT IN DEN SPITZEN LÄHMT SEINE HAND, DEN ARM UND DANN SEIN GEHIRN.
CHK
CHK
CHK
TOMMY HARPER. SCHMUGGELT WAFFEN FÜR DIE I.R.A. HAT EINE METALLPLATTE IM KOPF, DURCH DIE IHM SCHWINDLIG WIRD, WENN MAN SIE MIT ETWAS **MAGNETISCHEM** TRIFFT.
BOK
CARLOS VALDEZ. SÖLDNER AUS CHILE. BEVORZUGT NAHKAMPF, DA SEINE GRÖSSE IHN LANGSAM MACHT.
THWP
THWP
THWP

WHUMPH
SPIDER HANCOCK. SCHLÄGER AUS GOTHAM. BRACH IHM VOR DREI TAGEN ZWEI RIPPEN. DIE HEILEN SO SCHNELL NICHT.

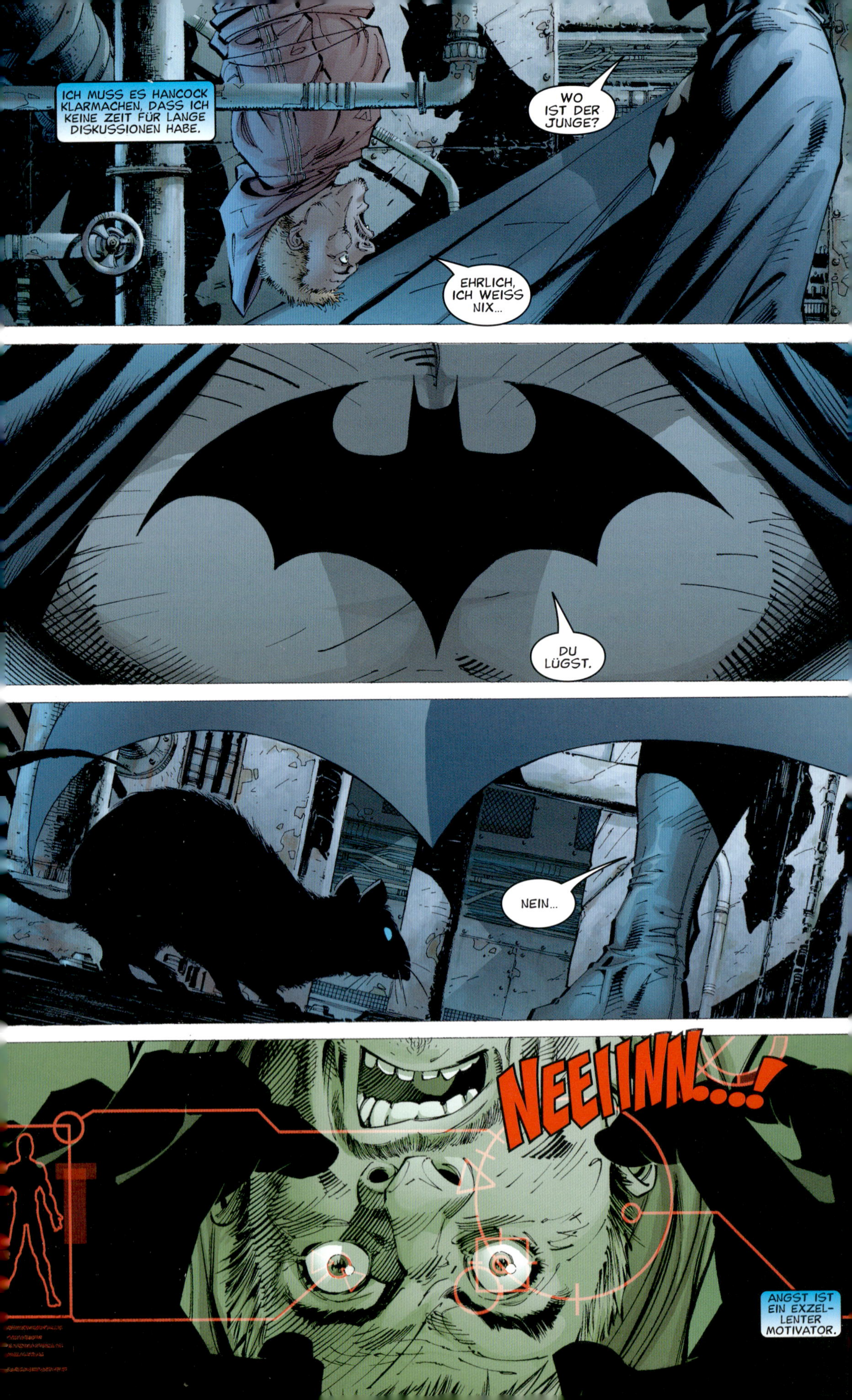
ICH MUSS ES HANCOCK KLARMACHEN, DASS ICH KEINE ZEIT FÜR LANGE DISKUSSIONEN HABE.
WO IST DER JUNGE?
EHRLICH, ICH WEISS NIX...
DU LÜGST.
NEIN...
NEEIINN...!
ANGST IST EIN EXZEL-LENTER MOTIVATOR.

JEMAND GAB EINE MENGE GELD AUS FÜR DIESE TRUPPE.
ABER, WIE BRUCE WAYNE BEZEUGEN KANN...
... MUSS MAN GELD AUSGEBEN, UM GELD ZU MACHEN.
BLEIB AUF DEM BODEN UND HALT DIR DIE OHREN ZU.
WHAROOOM

Ich schwor am Grab meiner Eltern, diese Stadt von dem Bösen zu befreien, das sie das Leben kostete. Bei Tag bin ich Bruce Wayne, Milliardär und Wohltäter. Bei Nacht... der schlimmste Albtraum aller Verbrecher...
BATMAN
GESCHAFFEN VON BOB KANE
HUSH
Kapitel eins
DAS LÖSEGELD
ICH WERDE DICH HIER RAUS-BRINGEN.
Jeph LOEB Autor
Jim LEE Zeichner
Scott WILLIAMS Tuscher
RAM Letterer
Alex SINCLAIR Farben
Bob SCHRECK Red. USA
Steve KUPS Übersetzer
Besonderen Dank an Mark CHIARELLO

D-DU BIST... BATMAN...?
JA.
NOCH SIE-BENUNDDREIS-SIG SEKUNDEN.
DER JUNGE ZITTERT. NICHT VIEL ÄLTER, ALS ICH WAR, ALS...
ER HAT VERMUTLICH VOR MIR GENAUSO VIEL ANGST, WIE VOR DEM, WAS GESCHIEHT.
PHTOOM
ICH DENKE AN CLARK, UND WIE ER MIT DER SITUATION UMGEHEN WÜRDE.
NICHT NUR DAS FLIEGEN UND STAHLVERBIEGEN...
CLARK WÜRDE SEIN PFADFINDERLÄCHELN AUFSETZEN. UND DANN DEN JUNGEN MIT EINER BINSENWEISHEIT BERUHIGEN.
ABER DER JUNGE HAT NICHT MIT CLARK ZU TUN. SONDERN MIT MIR.
IN MEINER STADT. IN GOTHAM.
UND DAS IST BESSER SO.
P-PASS AUF--

NICHTS DAVON IST DES JUNGEN SCHULD. ER BAT NICHT DARUM, ALS EDWARD LAMONT IV GEBOREN ZU WERDEN, KÜNFTIGER ERBE EINES CHEMIEKONZERNS.
LAMONT-CHEMIE IST EIN ZUKAUF VON LEXCORP, DER RC-60 ERFAND, EIN WIRKSTOFF, GEGEN DEN NAPALM WIE LIPPENSTIFT WIRKT.
DU HÄTTEST NICHT HERKOMMEN SOLLEN.
DAS GEHT DICH NICHTS AN.
EDWARD WAR VOR ZWEI TAGEN AUF DEM HEIMWEG VON DER SCHULE, ALS IHN EIN GROSSER MANN IM REGENMANTEL PACKTE UND VON DER STRASSE ZOG.
DER GROSSE MANN WAR **KILLER CROC.**
SLASHH

SIE VERSCHWANDEN IN GOTHAMS KANALISATIONS-SYSTEM.
BINNEN SECHS STUNDEN GING EINE FORDERUNG ÜBER ZEHN MILLIONEN DOLLAR EIN. DIE LAMONT-FAMILIE, DIE POLIZEI, DER BÜRGERMEISTER UND SOGAR DAS F.B.I. WOLLTEN DAS LÖSEGELD ZAHLEN, UM ED-WARD ZURÜCKZUBEKOMMEN.
ALLE AUSSER **MIR.**

WÄHREND CROC SIE AUF EINE SCHNITZELJAGD SCHICKTE, HOLTE ER SICH DAS GELD UND ICH SUCHTE NACH DEM KIND.
ICH BRAUCHE DAS GELD.
WAM
ICH DACHTE, ICH HABE ZWEI MINUTEN, BEVOR CROC ZURÜCKKEHRT UND BEMERKT, DASS DER JUNGE WEG IST.
BRAK
ICH VERTAT MICH UM ELF SEKUNDEN.
ICH FRESS DICH AUF! ROH!
DUSCHK

DIES WAR GEPLANT. ZEITLICH ABGE-STIMMT. DIE FRAGE IST NUR: "WARUM?"
SLAK
BDOK
ENTFÜHRUNGEN WAREN NIE CROCS DING.
ZU VIELE VARIABLEN. ZU VIELE DINGE KÖN-NEN SCHIEFGEHEN.
DAFÜR IST ER NICHT CLEVER GENUG.
JEMAND ANDERS HAT DIE HAND IM SPIEL.
WTOK
SSSRRRC

ICH ZERMALME DICH.
UND DANN TRINKE ICH DEIN BLUT.
NICHT NUR SEINE ARBEITSWEISE HAT SICH GEÄNDERT. SEIN KÖRPER IST AUCH-- MUTIERT. ALS OB ER... MEHR TIER WÄRE ALS MENSCH.
WAS NICHT BEDEUTET, DASS ICH MICH VON IHM ZU KLUMP SCHLAGEN LASSE.
RARRR
KRACSH
WAS CROC AN STÄRKE UND TEMPO HAT, FEHLT IHM DAFÜR ANDERWEITIG.
UND ER IST GEGEN SCHALL EMPFINDLICH.
FAP

YARRRRCXH!
SLAM
ZEHNTAUSEND HUMMELN MIT EINTAUSEND DEZIBEL.
CHNK
CHNK
CHNK
SPRAK
-- FÜR WAS BRAUCHTE ER DAS GELD?
ER WOLLTE MICH TÖTEN-- UND DEN JUNGEN SOWIESO--

JAAA!
EDWARD.
SEI STILL.
ICH WAR NIE PFADFINDER.
WHUP WHUP WHUP
F.B.I.-- BLEIBT WO IHR SEID!
NICHT SO, WIE WIR ES GEMACHT HÄTTEN--
ES IST MEINE STADT.
-- ABER DU HAST RESULTATE ERZIELT. DER JUNGE IST SICHER UND DAS GELD--
GANZ RUHIG. WIR BRINGEN DICH JETZT NACH HAUSE.
... ABER... ICH WILL BEI BATMAN BLEIBEN...
-- WO ZUM TEUFEL IST DAS GELD?

ktiviere Wärmesensor.
JEMAND STAHL ES... WÄHREND DES KAMPFES.
DAS IST UNMÖGLICH. NIEMAND KAM DURCH UNSERE ABSPERRUNG HINDURCH.
WÄRMESIGNATUR
ZIEL: MENSCH
GESCHLECHT: WEIBLICH
UNGEF. GRÖSSE: 1,74 m
UNGEF. GEWICHT: 57,5 k
DOCH. ICH.
PHTOOM
WO WILL ER JETZT HIN?
UND SIE VERMUTLICH EBENSO...
SIE...?!

CATWOMAN!
WAS DAUERTE SO LANG?
AUCH DIES IST... UNERWARTET.
DU BIST WIEDER IN GOTHAM.
UND DU BIST...
... EIN SCHLAUKOPF...
... WIE IMMER.
JUWELEN. MUSEEN. PRIVATE ANWESEN. ABER ANDEREN DIE BEUTE ZU KLAUEN-- IST EINFACH NICHT IHR STIL.

ICH KENNE CATWOMAN... SELINA KYLE... SEIT JAHREN.
ES IST, ALS TRIEBE UNS JEDER SCHRITT AUFEINANDER ZU...
... NUR WEITER AUSEINANDER.

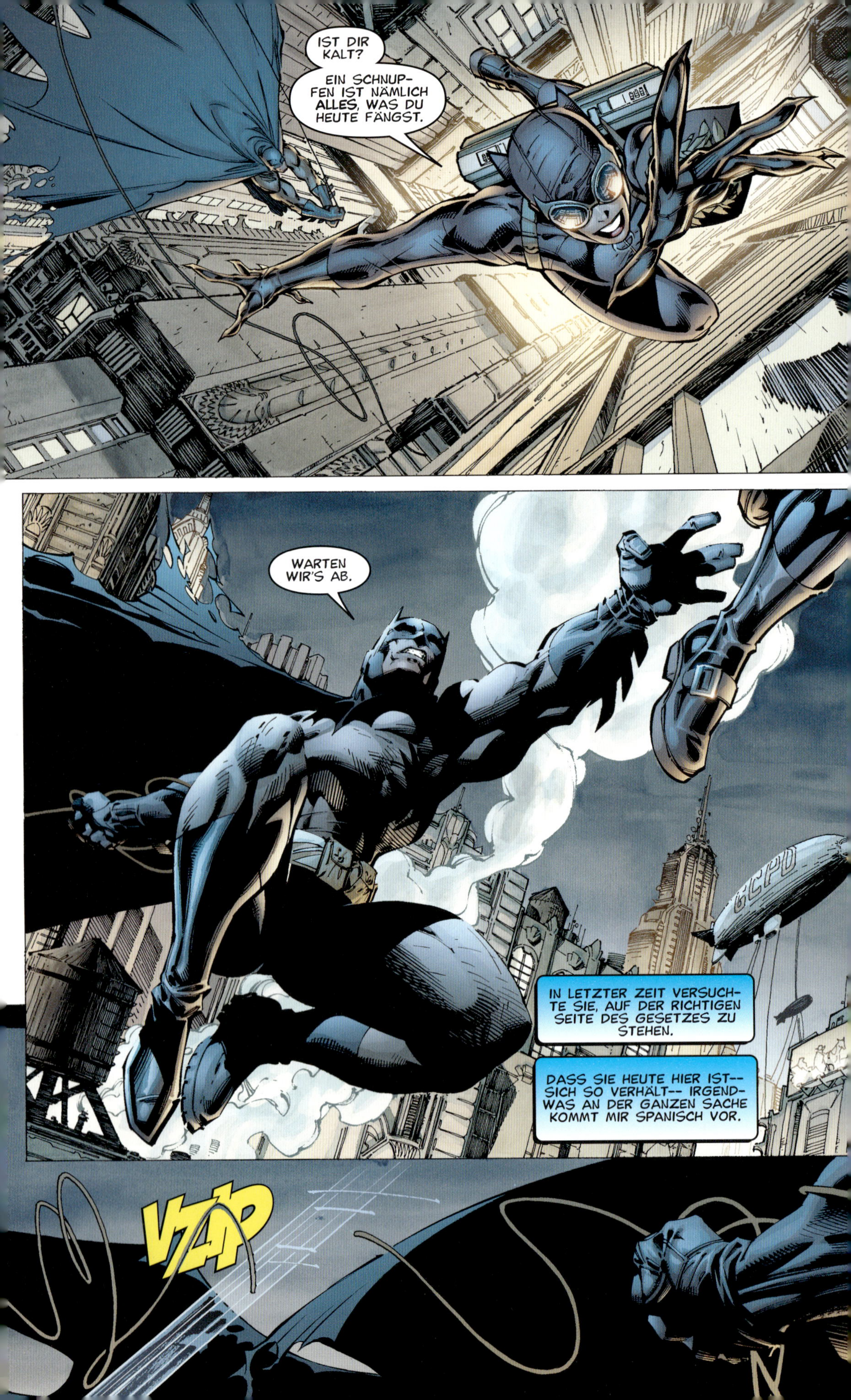
IST DIR KALT?
EIN SCHNUPFEN IST NÄMLICH ALLES, WAS DU HEUTE FÄNGST.
WARTEN WIR'S AB.
IN LETZTER ZEIT VERSUCHTE SIE, AUF DER RICHTIGEN SEITE DES GESETZES ZU STEHEN.
DASS SIE HEUTE HIER IST-- SICH SO VERHÄLT-- IRGENDWAS AN DER GANZEN SACHE KOMMT MIR SPANISCH VOR.
GCPD
VZAP

DAS BATSEIL. IRGENDWAS ODER -WER ZERSCHNITT ES.
WAS SAGST DU...?
BATMAN...?

EINE CHANCE.
SCHULTER GEBROCHEN.
ERST VERSAGT MEIN KÖRPER.
WHOOPH
ARGHK!
DRRRRRBBBL
DANN LÄSST MICH MEINE STADT IM STICH.

WIR SIND ALLE BEIDE ZU ALT GEWORDEN--
KRASH
PARK ROW
SCHAU.
SCHAU.
SCHAU.
SCHAU, WAS DA ZUR HÖLLE FIEL.

DIE GOTHAM TOWER-APARTMENTS. DAS NOBELVIERTEL DER STADT.
GAB'S PROBLEME?
BATMAN.
UND...?
ER... WAR ZU LANGSAM.
DU KLINGS ENTTÄUSCH

WÜRDE DICH DAS STÖREN?
EHER NICHT.
SOLANGE DU DAS GELD HAST.
WIE WÜRDEST DU SAGEN...?
PERRRRRFEKT.
GUT.
BRING MIR DAS GELD...
RECHT SO...
NIE-MAND KANN MIR WIDER-STEHEN.
WEDER MANN--

-- NOCH FRAU.

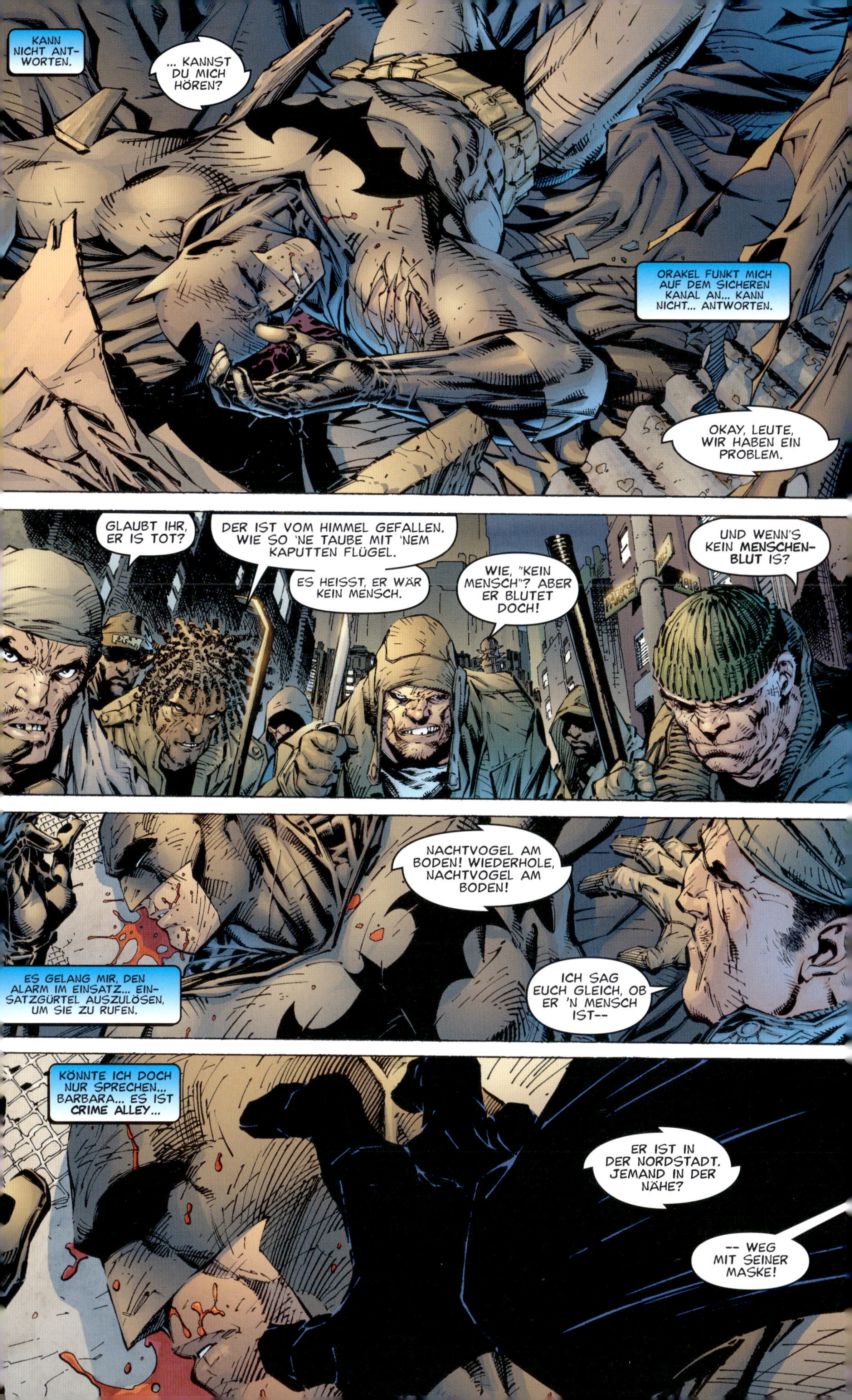
KANN NICHT ANT-WORTEN.
... KANNST DU MICH HÖREN?
ORAKEL FUNKT MICH AUF DEM SICHEREN KANAL AN... KANN NICHT... ANTWORTEN.
OKAY, LEUTE, WIR HABEN EIN PROBLEM.
GLAUBT IHR, ER IS TOT?
DER IST VOM HIMMEL GEFALLEN. WIE SO 'NE TAUBE MIT 'NEM KAPUTTEN FLÜGEL.
ES HEISST, ER WÄR KEIN MENSCH.
WIE, "KEIN MENSCH"? ABER ER BLUTET DOCH!
UND WENN'S KEIN MENSCHEN-BLUT IS?
NACHTVOGEL AM BODEN! WIEDERHOLE, NACHTVOGEL AM BODEN!
ES GELANG MIR, DEN ALARM IM EINSATZ... EIN-SATZGÜRTEL AUSZULÖSEN, UM SIE ZU RUFEN.
ICH SAG EUCH GLEICH, OB ER 'N MENSCH IST--
KÖNNTE ICH DOCH NUR SPRECHEN... BARBARA... ES IST CRIME ALLEY...
ER IST IN DER NORDSTADT. JEMAND IN DER NÄHE?
-- WEG MIT SEINER MASKE!

HUST ACK
HASTE DAS GESEHEN? ER HAT IHN NICHT MAL ANGEFASST!
PHWOOSH
FSST FSST
DAS REICHT. JETZT BRAT ICH IHM EINS--
VZZZTT

GAH
SEHE NIX... AUGEN...
AGGGH!
VERDAMMT, ER GRILLT IHN VOLL!
HIER IST H. BIN IN DER NÄHE.
MACHT PLATZ DA. ES GIBT NUR EINE ART, SO 'NEN FREAK ZU ERLEDIGEN.
O-KAY. IST SONST NOCH JEMAND IN DER NÄHE?
VIELEN DANK FÜR DAS VERTRAUEN, O.

ICH... RIECHE... DAS WAFFENÖL... ABER MEINE ARME SIND GELÄHMT...
JETZT MACH ICH DICH ALLE, TYP!
NEIN, H, ICH MEINTE NUR, OB DU HILFE BRAUCHST--
VROOOM
O, ICH WEISS, WAS GEMEINT WAR.
KRASH
WER ZUM--?!
GUNGH
WHAK
ICH BIN DA.

Ich schwor am Grab meiner Eltern, diese Stadt von dem Bösen zu befreien, das sie das Leben kostete. Bei Tag bin ich Bruce Wayne, Milliardär und Wohltäter. Bei Nacht… der schlimmste Albtraum aller Verbrecher…
BATMAN
GESCHAFFEN VON BOB KANE
HUSH
Kapitel zwei
DER FREUND
HAUT AB, SOLANGE IHR NOCH KÖNNT.
Jeph LOEB Autor
Jim LEE Zeichner
Scott WILLIAMS Tuscher
RAM Letterer
Alex SINCLAIR Farben
Bob SCHRECK Red. USA
Steve KUPS Übersetzer
Besonderen Dank an Mark CHIARELLO
HUNTRESS.

BATGIRL!
OH.
WOLLT MICH WOHL SAUER SEHN.
BRAK
GARR
SWOOOSH
TAK
TOK
SAGT ES JEDEM.
HUNTRESS TAT EUCH DAS AN.
HEXE! WER UNS BLÖD KOMMT--
-- LEBT NICHT LANG!
HAMD

NACH ALLEM, WAS ZWISCHEN UNS WAR...
... KÄMPFT SIE... IMMER NOCH... FÜR MICH...
VER-DAMMT... VOR DIR GEHE...
... ICH NICHT ZU BODEN...
ICH NEHM DEINEN STAB UND BRECHE DIR DAMIT--
NEIN!
KRAK
SO VIEL ZORN.
SO SAH ICH SIE... NOCH NIE... ZUVOR...

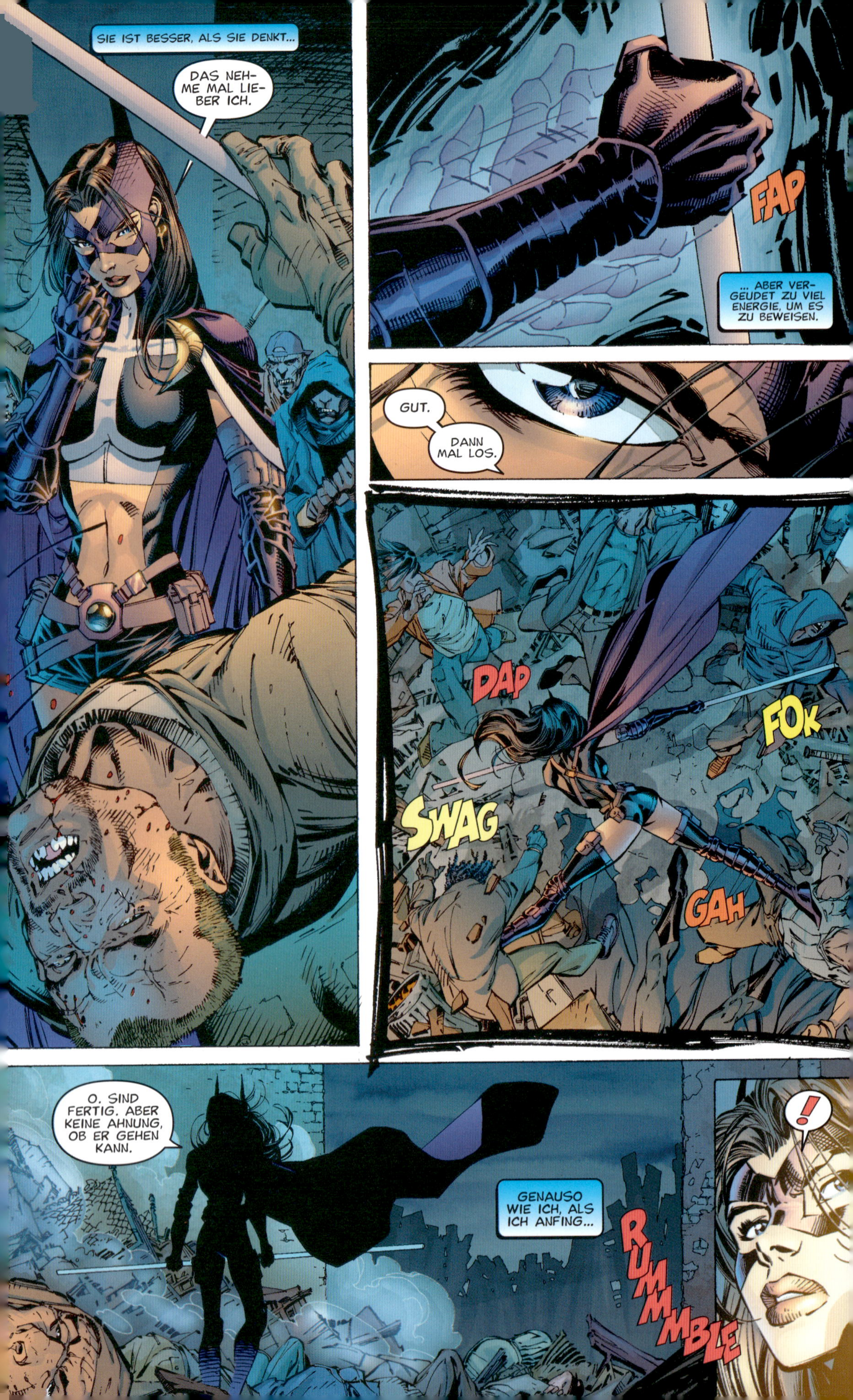

SIE IST BESSER, ALS SIE DENKT...
DAS NEHME MAL LIEBER ICH.
FAP
... ABER VERGEUDET ZU VIEL ENERGIE, UM ES ZU BEWEISEN.
GUT.
DANN MAL LOS.
DAP
FOK
SWAG
GAH
O. SIND FERTIG. ABER KEINE AHNUNG, OB ER GEHEN KANN.
GENAUSO WIE ICH, ALS ICH ANFING...
RUMMBLE
!

KEIN WUNDER, DASS SIE KEINER AKZEPTIERT...
... MUSS MIT DICK SPRECHEN... ÜBER...
... ÜBER...
WOHER ZUM TEUFEL KOMMST DENN DU?
SKRFF--
-EECHH
H, DER WAGEN IST AUF AUTOPILOT. ER SOLLTE JEDEN MOMENT BEI DIR EIN--
IST ER SCHON.
GOOSH
Autotür
HEY, ÄH... O, IHM GEHT'S RECHT ÜBEL.
LEG IHN IN DAS AUTO.
ER HAT VIELE... BRÜCHE.
GIBT ES NOCH WAS, DAS ICH--

-- TUN KANN?
Autotür
SLAM
VROOOM
SKREEEEEEECH
H...
... ER WIRD SICH SICHER... SELBST BEI DIR BEDANKEN WOLLEN.
SICHER. ICH KANN'S **KAUM** ERWARTEN.
"OHNE FREUN-DE MÖCHTE NIEMAND LEBEN.
"AUCH WENN ER ALLE GÜTER BESÄSSE."

PÄTER.
GIBT ES DENN KEIN LICHT HIER DRIN?
PFLANZEN MÖGEN LICHT.
IST DAS MEIN ANTEIL?
JA.
UND CATWOMAN...?
KEIN PROBLEM.
BATMAN JEDOCH WIRD--
-- HALLO...?

IRGENDWIE... KAM ICH ZURÜCK IN DIE HÖHLE. ICH HÖRE ALFRED. DIE VERBÄNDE SIND KALT.
ICH FÜRCHTE...
MASTER BRUCE, FALLS SIE MICH HÖREN... SIE SIND VIEL ZU SCHWER VERLETZT, ALS DASS ICH IHNEN HELFEN KÖNNTE.
IHR SCHÄDEL IST GEBROCHEN UND--
ALFRED. ICH KONTAKTIERTE SHONDRA KINSOLVING. IHRE ERFAHRUNG BEI DER HEILUNG SEINES RÜCKENS KÖNNTE HILFREICH SEIN.
ICH BITTE UM VERGEBUNG, MISS. ABER ICH GLAUBE, DOKTOR KINSOLVING IST NICHT GANZ RICHTIG IM KOPF.

ES GEHT IHR BESSER.
AH, JA. SEHR WOHL. DANN MÜSSEN WIR NOCH DIE NOTWENDIGEN VOR-KEHRUNGEN TREF-FEN, UM MASTER BRUCES ZU-STAND--
DICK FÄHRT DEN PORSCHE ZU SCHROTT, DER REST LIEGT BEI DIR--
LEIDER NEIN.
WAS MEINST DU?!
ES IST, WIE IMMER...
... NUR SEIN KAMPF...

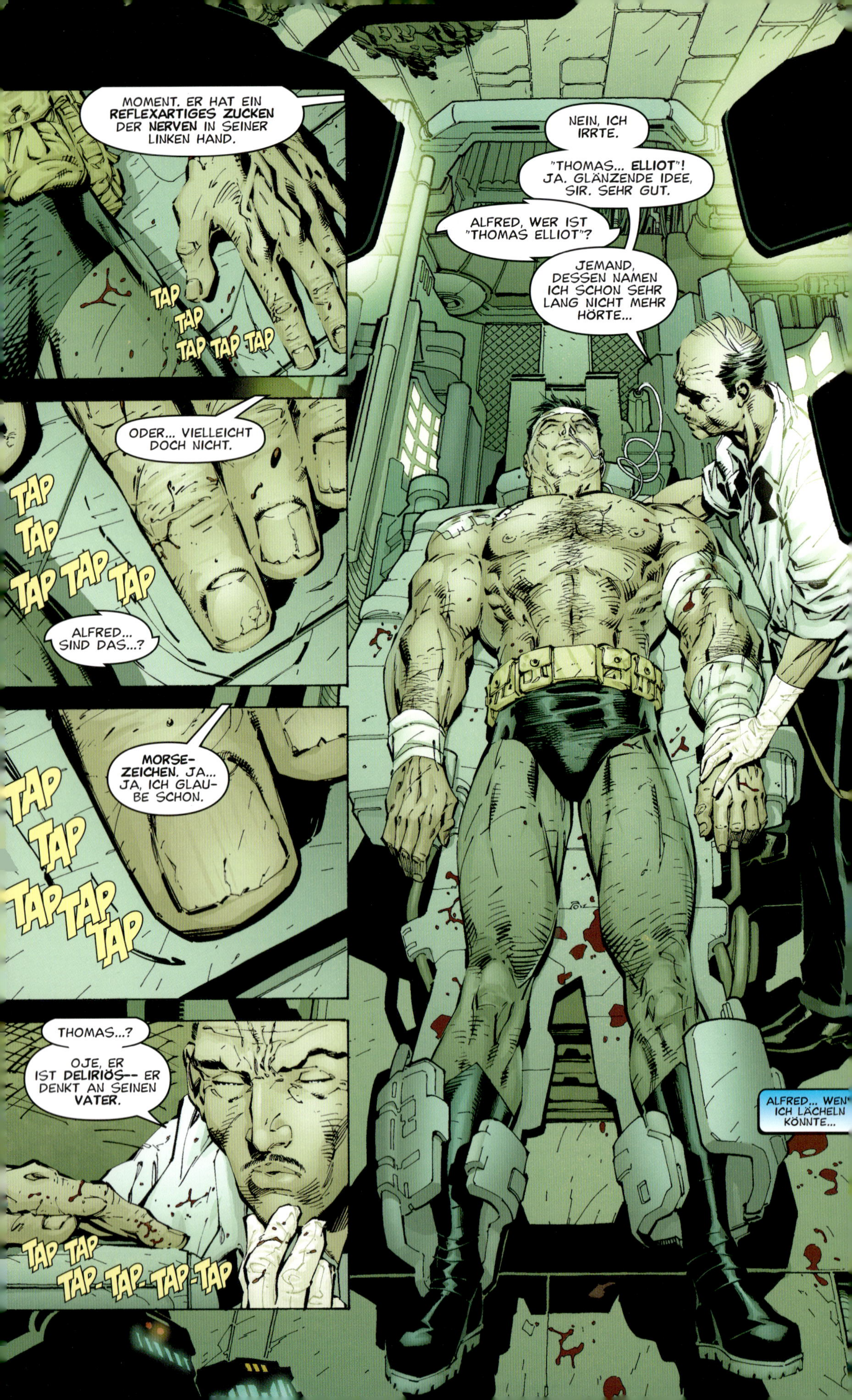
MOMENT. ER HAT EIN REFLEXARTIGES ZUCKEN DER NERVEN IN SEINER LINKEN HAND.
TAP TAP TAP TAP TAP
ODER... VIELLEICHT DOCH NICHT.
TAP TAP TAP TAP TAP
ALFRED... SIND DAS...?
MORSE-ZEICHEN. JA... JA, ICH GLAU-BE SCHON.
TAP TAP TAP TAP TAP
THOMAS...?
OJE, ER IST DELIRIÖS-- ER DENKT AN SEINEN VATER.
TAP TAP TAP-TAP-TAP-TAP
NEIN, ICH IRRTE.
"THOMAS... ELLIOT"! JA. GLÄNZENDE IDEE, SIR. SEHR GUT.
ALFRED, WER IST "THOMAS ELLIOT"?
JEMAND, DESSEN NAMEN ICH SCHON SEHR LANG NICHT MEHR HÖRTE...
ALFRED... WEN ICH LÄCHELN KÖNNTE...

Morgenausgabe
Bewölkt, regnerisch
PLAYBOY WAYNE
SCHWEREN UNFALL
GOTHAM CITY--
City-Hospital
bekannte Autonarr verlor
die Kontrolle über seinen
Sportwagen am frühen
-- BRACHTE MAN WAYNE INS GOTHAM CITY-HOSPITAL, IN DEM IRONISCHERWEISE AUCH SEIN VATER ARZT WAR--
-- IST ZU DIESEM ZEITPUNKT NOCH NICHT BEKANNT, OB WAYNE EINEN GURT TRUG, ODER WIE DER ALKOHOLPEGEL IN SEINEM BLUT WAR--
FILE
-- DOKTOR THOMAS ELLIOT, DER BEKANNTE CHIRURG, WIRD AUS PHILADELPHIA EINGEFLOGEN--
-- MUSS NETT SEIN, GANZ OBEN FREUNDE ZU HABEN.
UND WENN ES UM BRUCE WAYNE GEHT, GEHT ES KAUM HÖHER.
IM NEBEL DER BETÄUBUNG FÄLLT MIR EIN BESTIMMTES HALLOWEEN WIEDER EIN.
MEIN VATER HATTE VERSPROCHEN, MICH AUF SÜSSIGKEITEN-TOUR ZU BEGLEITEN UND WURDE WIE IMMER IM HOSPITAL AUFGEHALTEN.
ALS REAKTION AUF DEN UNFALL FIELEN WAYNE TECH-AKTIEN HEUTE FRÜH GEWALTIG AB...

SEIN PULS SINKT.
HAT JEMAND AHNUNG, WO DOKTOR ELLIOT IST?
MEINE MUTTER, IMMER WOHLMEINEND, SCHLUG VOR, ICH SOLLE STATTDESSEN MIT EINEM KLASSENKAMERADEN GEHEN.
WÜTEND ERZÄHLTE ICH IHR, ICH HÄTTE GAR KEINE FREUNDE.
BOOM
WAS GUCKT IHR DENN ALLE SO ERNST?
IST DOCH NUR HIRNCHIRURGIE, LEUTE.
WIR SIND BIS ZUM MITTAG WIEDER AUF DEM GOLFPLATZ.
BRUCE, WENN DU MICH TREFFEN WILLST NACH ALL DER ZEIT--
-- MUSST DU DICH NICHT EXTRA UMBRINGEN DAFÜR.
ICH LOG MUTTER AN.
TOMMY ELLIOT WAR IMMER FÜR MICH DA...

SICHER, DASS DU DAS WILLST?
ICH WEISS, WAS DU DA TUST, TOMMY. DU WILLST, DASS ICH AN MEINEM ZUG ZWEIFLE.
NEIN, ICH RETTE DAMIT SOGAR DEIN LEBEN.
LOS, LEG MICH DOCH UM.

BRUCE, DU BIST SCHON TOT.
WIE KANNST DU DAS SAGEN? ICH MACHTE NOCH KEINEN ZUG.
NICHT BEI DEINEM NÄCHSTEN ZUG. ERST IN SECHS ZÜGEN VON JETZT AN.
DU VERGISST DEINE WICHTIGSTE FIGUR, BRUCE.
ICH HAB DEN GENERAL GEDECKT.
NICHT DEN GENERAL. DEN SPION.

DAS MACHST DU IMMER, BRUCE.
DU GREIFST IMMER AN, OHNE DIE SCHWÄCHEN DEINES GEGNERS ZU KENNEN.
SOLANGE DU NICHT WIE ICH DENKST, SCHLÄGST DU MICH NIE.
ABER ICH DENKE IMMER WIE DU.
ARGH! ICH BIN TOT!

KOMM-- NOCH EIN SPIEL!
IST ES NICHT WUNDERVOLL, DASS SIE SICH NIE WIRKLICH STREITEN?
ES IST, ALS WÄREN SIE BRÜDER.
ALLE BRÜDER, DIE ICH KENNE, STREITEN DIE GANZE ZEIT, MARTHA.
DU WEISST, WAS ICH MEINE, THOMAS.
DIES IST SOGAR EINES DER WENIGEN MALE, WO ICH DAS TUE.
SOLLTE NICHTS UNVORHERGESEHENES PASSIEREN, GLAUBE ICH, HAT UNSER SOHN ENDLICH EINEN BESTEN FREUND GEFUNDEN.
DIE SORTE, DIE MAN SEIN GANZES LEBEN LANG KENNT...

DOKTOR, ICH DENKE, AB HIER SCHAFFEN SIE ES ALLEIN. ÜBERNEHMEN SIE, JA?
ICH WEISS NICHT, OB MISTER WAYNE JEMALS WIEDER VIOLINE SPIELT--
HAHAHAHAHA HA HA
HAHA HA HA HA HA
-- ABER S IST WOHL SICHER, ZU SAGEN...
LANET
Freitag, 29. November 2002
WAYNE IST AUSSER GEFAHR
ois Lane

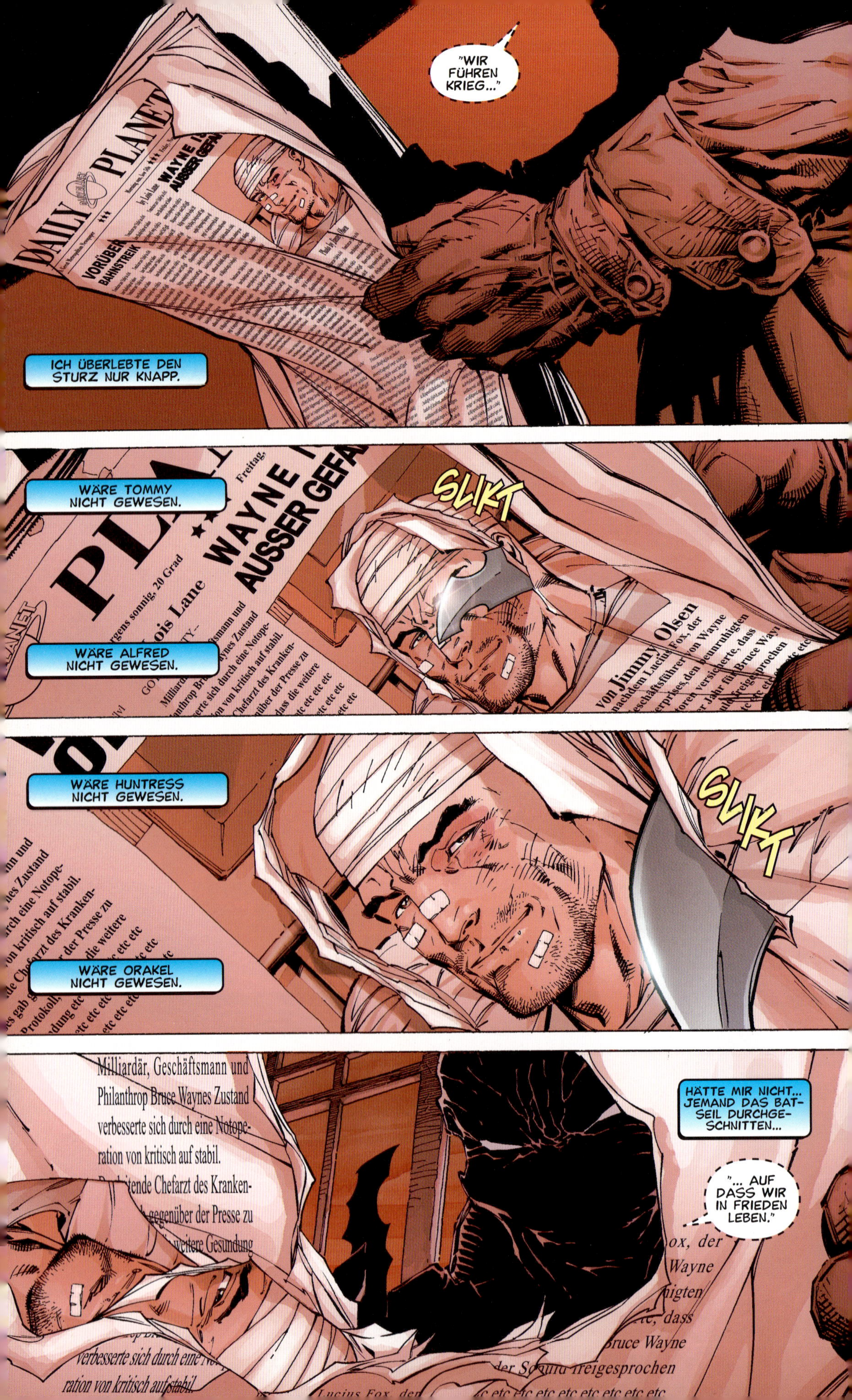

"WIR FÜHREN KRIEG..."
ICH ÜBERLEBTE DEN STURZ NUR KNAPP.
WÄRE TOMMY NICHT GEWESEN.
SLIKT
WÄRE ALFRED NICHT GEWESEN.
WÄRE HUNTRESS NICHT GEWESEN.
SLIKT
WÄRE ORAKEL NICHT GEWESEN.
HÄTTE MIR NICHT... JEMAND DAS BAT-SEIL DURCHGESCHNITTEN...
"... AUF DASS WIR IN FRIEDEN LEBEN."

SEIN NAME IST KILLER CROC.
GEH ZUM TEU-FEL.
MAN HÄLT IHN HIER IN ARKHAM ZUR "BEOBACHTUNG" GEFANGEN.
WAS HAT-TEST DU MIT DEN ZEHN MIL-LIONEN VOR?
IRGENDWAS IST MIT IHM PASSIERT. ER IST MUTIERT... VERLOR NOCH MEHR VON SEINER MENSCHLICHKEIT.
LASS MICH RAUS UND ICH ZEIG'S DIR.
WIR SIND FERTIG.
DREH DICH NICHT EINFACH WEG!
BALD WIRD ER ALLES, WAS ER ÜBER DIESES VERBRECHEN WEISS, WIEDER KOMPLETT VERGESSEN HABEN.

IRGENDWER PLANTE DIE ENTFÜHRUNG EINES KLEINEN JUNGEN FÜR DIESES MONSTER. CROC HÄTTE DAS NIEMALS ALLEINE GETAN. ZU VIEL HÄTTE DABEI SCHIEFGEHEN KÖNNEN.
ICH REDE MIT DIR!
ER WIRD IMMER WÜTENDER.
EINE ABKÜHLUNG TÄTE IHM GUT.
ABER GERN.
ARKHAM
WHAM
KXXXRRX
MAN ZAHLTE DAS LÖSEGELD. ZEHN MILLIONEN DOLLAR.
BATMAN!

DAS WAR MEIN GELD!
ICH HATTE KEINERLEI ZWEIFEL, DASS CROC DEN JUNGEN GETÖTET HÄTTE, OBWOHL ER DAS GELD BEKAM. DAS WAR MEHR SEIN STIL.
WESHALB ICH ZUERST DORT WAR.
ICH RETTETE DEN JUNGEN. ABER JEMAND ANDERS SCHNAPPTE CROC DIE BEUTE VOR DER NASE WEG...
BATMAN!
McQUAID
CROC! GEH VON DER SCHEIBE WEG!

TCHHHHHHSH
ER IST FREI!
ICH TÖTE EUCH ALLE!
SKRAK
NNGNNN!
ICH MUSS WISSEN, WER HINTER DER ENTFÜHRUNG STECKT...
BDOK
NEIN.
DU VERLETZT NIEMANDEN MEHR.
... MEINEN FEIND NEUE METHODEN LEHRTE...
SLAM
ZU LAHM.
... UND WAS MIT DEM GELD GESCHAH.

Ich schwor am Grab meiner Eltern, diese Stadt von dem Bösen zu befreien, das sie das Leben kostete. Bei Tag bin ich Bruce Wayne, Milliardär und Wohltäter. Bei Nacht... der schlimmste Albtraum aller Verbrecher...
BATMAN
GESCHAFFEN VON BOB KANE
HUSH
Kapitel drei
DIE BESTIE
DARUM BRAUCHE ICH NUN EIN MONSTER, UM EIN MONSTER ZU FANGEN.
WEG, ODER ICH ZERREISSE IHN!
Jeph LOEB Autor
Jim LEE Zeichner
Scott WILLIAMS Tuscher
RAM Letterer
Alex SINCLAIR Farben
Bob SCHRECK Red. USA
Steve KUPS Übersetzer
Besonderen Dank an Mark CHIARELLO

KRASH
ICH VERZIEH MICH VON HIER. HOL MIR MEIN GELD ZURÜCK.
AN ALLE! WIR BRAUCHEN HIER HILFE!
LOS DOCH. FOLGT MIR.
ICH HATTE NOCH NICHTS ZU ESSEN.
TRECHHH
ICH MAG DAS NICHT.
ICH MAG SIE NICHT.
KEINER ERNSTHAFT VERLETZT. DIE WACHEN KRIEGEN DOPPELTEN GEFAHRENZUSCHLAG. UND CROC IST ENTKOMMEN.
SO WEIT, SO GUT.

DAS IST OKAY. MICH MUSS AUCH KEINER MÖGEN.
ICH MUSS DICH NICHT DARAN ERINNERN, DASS DER VATER DES JUNGEN, DEN DIESE... BESTIE... ENTFÜHRTE, EIN ENGER FREUND DES PRÄSIDENTEN IST.
AMANDA WALLER LEITET PRÄSIDENT LUTHORS AMT FÜR METAWESEN-BELANGE.
ICH TRAF SIE SCHON ÖFTER. WAR NIE EINE FREUDE.
DAS IST IN ORDNUNG. MICH MUSS MAN EBENSO WENIG MÖGEN.
ICH HASSE ES, AUCH NUR IM ENTFERNTESTEN MIT LUTHOR ZU TUN ZU HABEN. ABER SIE WOLLTEN CROC AUS MEINER STADT HINAUSSCHAFFEN...
SIE MEINEN, ER IST EINER DER HAUPTSPONSOREN VON LUTHORS WAHLKAMPAGNE.
DU HAST BIS MITTERNACHT.
DANN GEHÖRT ER UNS.
KRAKA THOOM
MASTER BRUCE...?
ICH HÖRE, ALFRED.
EIN WAGEN FUHR GERADE ZUM HAUS HOCH. ERWARTEN WIR BESUCH?
NEIN.
PHILADELPHIA-NUMMERNSCHILD, HMX 19... ICH KANN DEN REST IM STURM NICHT ENTZIFFERN.
ZEIT BIS MITTERNACHT...

WAYNE MANOR. DAS EINSTIGE HAUS MEINES VATERS GEHÖRT NUN MIR.
ZUSAMMEN MIT ALL DEN ERINNERUNGEN, DIE ES BIRGT.
ORAKEL?
DAS HALBE NUMMERNSCHILD REICHTE, UM ÜBER DAS KFZ-AMT DEN BESITZER ZU ERMITTELN: DR. THOMAS ELLIOT.
DAS KOMMT... UNERWARTET.
KANN ICH SIE SICHER NICHT ZUR HEIMKEHR VERLEITEN, SIR? DR. ELLIOT RETTETE IMMERHIN IHR LEBEN.
ICH WOLLTE, ICH KÖNNTE, ALFRED.
IN IHREM FALL EHER "ICH KÖNNTE, WENN ICH WOLLTE", SIR.
BING BONG
BITTE WIMMLE IHN GANZ EINFACH AB, JA?
SO GUT WIE ERLEDIGT, SIR.
GUTEN ABE--TOMMY...?
HALLO, ALF.
... VERZEIHEN SIE MIR DIE FLAPSIGKEIT, SIR. SIE SIND "DOKTOR THOMAS ELLIOT" HEUTZUTAGE, NICHT WAHR?

KEIN GRUND ZUR ABBITTE, ALF.
ICH FREUE MICH, DASS DU MICH TROTZ EINIGER JAHRE UND EINIGER PFUNDE MEHR NOCH ERKENNST.
NUN, SIR, ICH HABE DEN VORTEIL, DASS MASTER BRUCE DIE GLEICHEN "JAHRE UND PFUNDE" ANGESETZT HAT WIE SIE.
ICH... ÄH... VERGASS DAFÜR SELTSAMERWEISE IHRE... REIZENDE VORLIEBE, MICH "ALF" ZU NENNEN.
SCHÖN, ZU SEHEN, DASS DU DEINEN TROCKENEN HUMOR NOCH HAST.
APROPOS "TROCKEN"... WILLST DU MICH NICHT REINBITTEN? ICH WÜRDE GERNE NACH MEINEM PATIENTEN SEHEN.
ABER SICHER, NUR...
... MASTER BRUCE IST MOMENTAN NICHT ZU HAUSE.
NICHTS ERNSTES, HOFFE ICH.
GANZ IM GEGENTEIL, FÜRCHTE ICH.
"AUF DER SUCHE NACH EINER DAME", SO SAGTE ER WOHL.
OH.
ALF.
ALS SEIN CHIRURG UND ALTER FREUND--
-- SAGST DU IHM ETWAS VON MIR?
DAS IST EIN RISKANTES SPIEL, DAS ER DA SPIELT.
SIR...?
DIE RUNDE ZU MACHEN, WENN ER IM BETT SEIN SOLLTE. ALLEIN.
RISKANT.

ICH SAGE ES IHM...
... TOMMY...
TOMMY ELLIOT. IN EINER NACHT, GENAU WIE DIESER...
MASTER ELLIOT, WAS FÜHRT SIE HIERHER ZU DIESER STUNDE...?
ALF...
... KANN ICH BRUCE SPRECHEN?
WAS MACHST DU DENN DA DRAUSSEN IM REGEN, DU KNALLTÜTE?
ES GAB... ES GAB EINEN UNFALL.
MEINE... ELTERN UND... IHR AUTO...

OTHAM CITY HOSPITAL. EIN VATER WAR DAMALS EITER DER UNFALL-HIRURGIE.
HOSPITALE SIND NACHTS FURCHT-BARE ORTE.
ESONDERS ÜR KINDER...
MEIN DAD IST A DRIN, TOMMY. A KANN NICHTS SCHLIMMES GE-SCHEHEN.
ICH VER-SUCHTE, MISTER ELLIOT NOCH ZU WARNEN.
IN EINER NACHT WIE DIESER SIND DIE STRASSEN SEHR GLATT.
ICH HÄTTE SIE FAHREN SOLLEN-- ABER ER BESTAND DARAUF, ALLEINE MIT MYLADY AUSZUGEHEN.
SIE TRIFFT DA KEINE SCHULD, CLA-RENCE... UNFÄLLE PASSIEREN.
UND IN DIESER SITUATION KÖNNTEN SIE NICHT IN BESSEREN HÄN-DEN SEIN.
SCHWÖRST DU ES...?
GROSSER FREUNDES-SCHWUR.
DANKE, BRUCE...

TOMMY.
KOMM HER, JUNGE.
DEINER MOM GEHT ES BALD WIEDER GUT.
NA? SAG ICH DOCH.
UND MEIN DAD...?
TUT... MIR LEID. ICH TAT ALLES, WAS IN MEINER MACHT--
NEIN! ER IST NICHT TOT! ICH GEHE JETZT ZU IHM REIN!
TOMMY, MEIN DAD SAGTE, DASS ER ALLES TAT--
LÜGNER! DU HAST ES MIR GESCHWOREN!
WAP
AU!
WOFÜR WAR DAS DENN?
BRUCE.
SEI STILL.
WARUM MUSSTEST DU MIR SAGEN, ALLES WÜRDE IN ORDNUNG KOMMEN, BRUCE? WARUM?

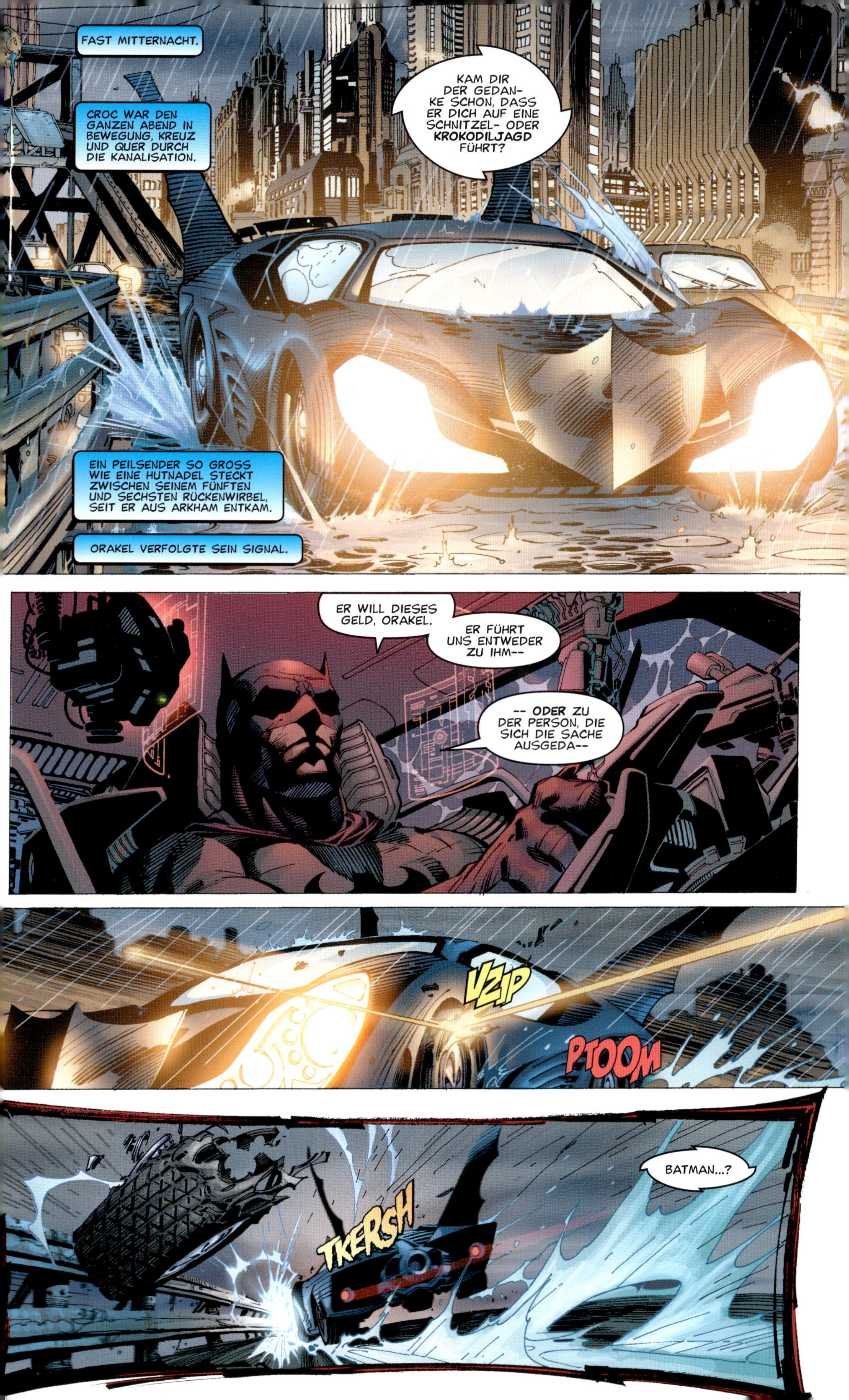
FAST MITTERNACHT.
CROC WAR DEN GANZEN ABEND IN BEWEGUNG, KREUZ UND QUER DURCH DIE KANALISATION.
KAM DIR DER GEDANKE SCHON, DASS ER DICH AUF EINE SCHNITZEL- ODER **KROKODILJAGD** FÜHRT?
EIN PEILSENDER SO GROSS WIE EINE HUTNADEL STECKT ZWISCHEN SEINEM FÜNFTEN UND SECHSTEN RÜCKENWIRBEL, SEIT ER AUS ARKHAM ENTKAM.
ORAKEL VERFOLGTE SEIN SIGNAL.
ER WILL DIESES GELD, ORAKEL.
ER FÜHRT UNS ENTWEDER ZU IHM--
-- **ODER** ZU DER PERSON, DIE SICH DIE SACHE AUSGEDA--
VZIP
PTOOM
TKERSH
BATMAN...?

BERKSCH
RSKEEE
DUSSHK
HSSSSSSSSS
BATMAN!
ICH KANN NICHTS-- KANNST DU MICH HÖREN?
THRROOCH
ANTWORTE, VERDAMMT!
ORAKEL.
BIST DU IN ORDNUNG? WAS ZUM TEUFEL IST DENN DA DRAUSSEN LOS?
ORAKEL, **WAS DU AUCH** TUST-- VERLIERE **NICHT** DAS PEILSIGNAL VON CROC.
DU HAST MIR NICHT GEANTWORTET--
VERLIERE NICHT DAS SIGNAL!
...

DAS BATMOBIL BESITZT KEVLAR-VERSTÄRKTE REIFEN MIT PETROLEUM-GELEE-FÜLLUNG.
ES IST DIE SORTE VON REIFEN, DIE IM GEPANZERTEN WAGEN DES PRÄSIDENTEN VERWENDET WIRD.
EIN PLATTEN IST SO GUT WIE UNMÖGLICH.

JEMAND MACHTE SICH VIEL MÜHE, DAMIT ICH CROCS SPUR VERLIERE.

HALLO, MIEZE.
JEMAND WIRD ENTTÄUSCHT SEIN.

ICH WILL MEIN GELD.
DAS WILL ICH AUCH.
ES WAR POISON IVY.
IVY GAB MIR IN ARKHAM BESCHEID.
SAGTE, ICH FINDE DICH HEUTE ABEND HIER.
SMASH
FALSCHE ANTWORT.
DAS WAR EIN NGGN TRICK!
IVY HAT GESAGT, SIE TRIFFT MICH HIER.
SIE BENUTZTE MICH, UM DAS GELD ZU STEHLEN.
ICH HÖRTE GENUG.
ICH HABE ES NICHT!
DANN HAST DU AUCH KEINEN GRUND ZU LEBEN--

FTOOSH
NEIN!
ZIP
ZIP
ICH SAGTE DIR HEUTE ABEND BEREITS...
... DU VERLETZT NIEMANDEN MEHR.
TCK
CLNK
FTOOSH
CATWOMAN--
-- LAUF!
ES WAR CATWOMAN, DIE DAS GELD VON CROC AM TATORT STAHL.

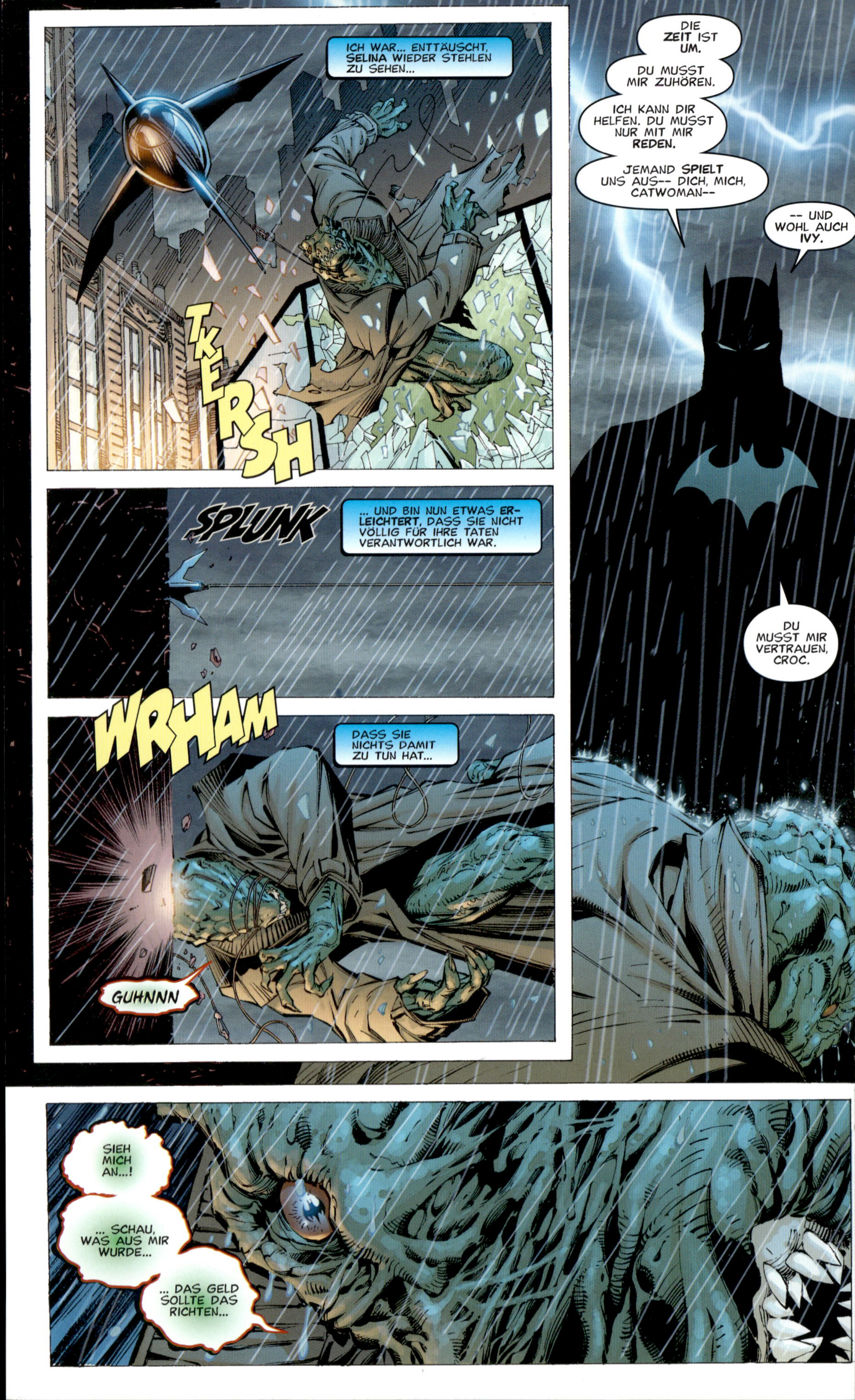
ICH WAR... ENTTÄUSCHT, SELINA WIEDER STEHLEN ZU SEHEN...
TKERSH
DIE ZEIT IST UM.
DU MUSST MIR ZUHÖREN.
ICH KANN DIR HELFEN. DU MUSST NUR MIT MIR REDEN.
JEMAND SPIELT UNS AUS-- DICH, MICH, CATWOMAN--
-- UND WOHL AUCH IVY.
SPLUNK
... UND BIN NUN ETWAS ERLEICHTERT, DASS SIE NICHT VÖLLIG FÜR IHRE TATEN VERANTWORTLICH WAR.
DU MUSST MIR VERTRAUEN, CROC.
WRHAM
DASS SIE NICHTS DAMIT ZU TUN HAT...
GUHNNN
SIEH MICH AN...!
... SCHAU, WAS AUS MIR WURDE...
... DAS GELD SOLLTE DAS RICHTEN...

WHUP WHUP WHUP WHUP WHUP
KILLER CROC! HIER IST DAS F.B.I.!
BLEIB, WO DU BIST UND NIMM DIE HÄNDE HOCH!
IDIOTEN...
LÜGNER! ICH WUSSTE, DAS IST NUR EIN TRICK!
DAFÜR BRINGE ICH DICH UM!
CROC! ES IST NOCH--
VERDAMMT.
BAM
BUDDA BUDDA BUDDA
ICH MACH EUCH FER-TIG!

LEUCHTTURM, HIER KREUZER EINS.
PAKET WIRD EINGE-WICKELT.
ZZZRACK
BEREIT ZUM LIEFERN.
WALLER...
"ALLE MEN-SCHEN STREBEN VON NATUR AUS NACH WISSEN."
ROBIN

ICH SUCHE DIE NÄCHSTEN SECHS NÄCHTE NACH SPUREN, DIE MEINE ERMITTLUNGEN WEITERBRINGEN.
WO CROC AUCH SEIN MAG, ICH FINDE IHN NICHT. IM...
... MOMENT.
ICH DENKE DAUERND AN DEN BLICK IN SEINEN AUGEN, ALS SIE IHN SICH HOLTEN. WIE DAS MONSTER IHN ÜBERMANNT HATTE...
BATMAN...?
ICH WEISS, WO IVY IST.
MEINE... QUELLEN SAGEN, SIE IST UMGEZOGEN.
SIE IST IN METROPOLIS. ICH WILL AUCH MIT.
DU... HAST MEIN LEBEN GERETTET.
IN ALL DEN JAHREN HAST DU DAS MEHR ALS EINMAL GETAN.
ICH GLAUBE, ICH HAB DIR NIE RICHTIG DAFÜR GEDANKT.
NICHT.
WIR TANZEN DIESEN TANZ NUN SCHON SO LANGE. ZU LANGE.
BIST DU DENN GAR NICHT NEUGIERIG?

KRIMINELLE SIND VON NATUR AUS FEIGE UND ABERGLÄUBISCH.
UM FURCHT IN IHRE HERZEN ZU SCHLAGEN, WURDE ICH ICH. EIN MONSTER IN DER NACHT.
UND DADURCH BIN ICH HEUTE DAS, WAS ALLE ANDEREN MONSTER EBENFALLS SIND...
... ALLEIN...?

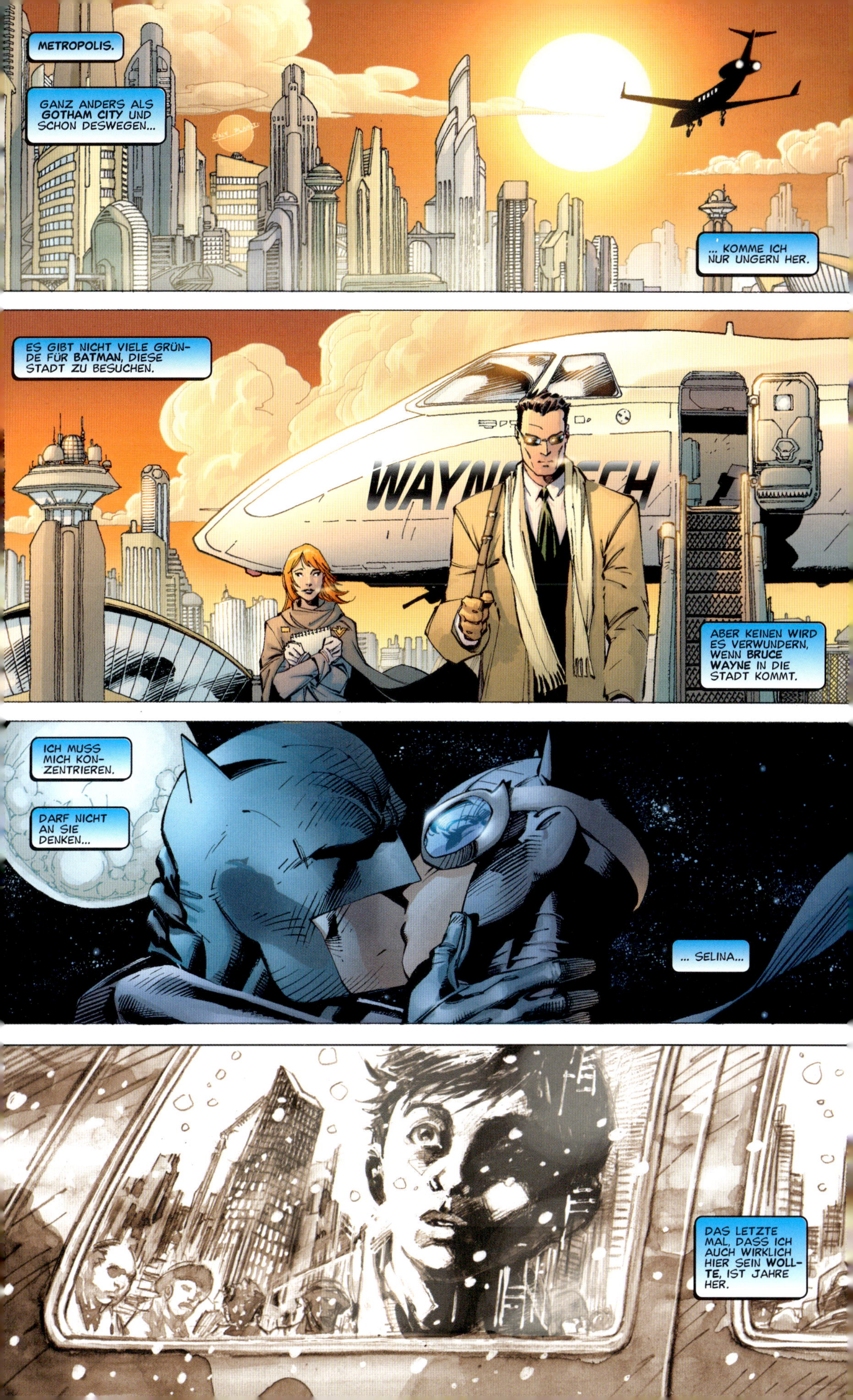
METROPOLIS.
GANZ ANDERS ALS GOTHAM CITY UND SCHON DESWEGEN...
... KOMME ICH NUR UNGERN HER.
ES GIBT NICHT VIELE GRÜNDE FÜR BATMAN, DIESE STADT ZU BESUCHEN.
ABER KEINEN WIRD ES VERWUNDERN, WENN BRUCE WAYNE IN DIE STADT KOMMT.
ICH MUSS MICH KONZENTRIEREN.
DARF NICHT AN SIE DENKEN...
... SELINA...
DAS LETZTE MAL, DASS ICH AUCH WIRKLICH HIER SEIN WOLLTE, IST JAHRE HER.

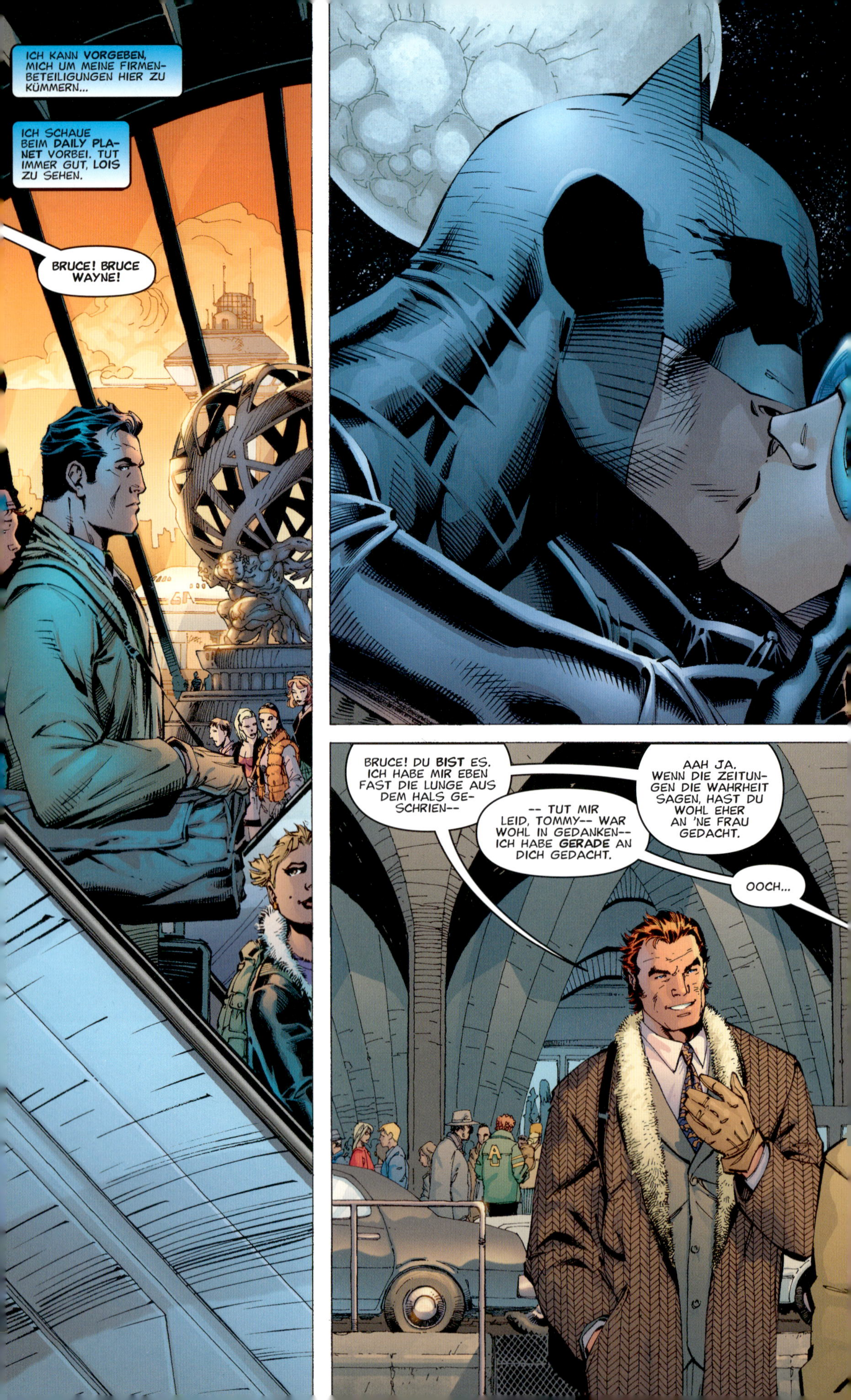
ICH KANN VORGEBEN, MICH UM MEINE FIRMEN-BETEILIGUNGEN HIER ZU KÜMMERN...
ICH SCHAUE BEIM DAILY PLANET VORBEI. TUT IMMER GUT, LOIS ZU SEHEN.
BRUCE! BRUCE WAYNE!
BRUCE! DU BIST ES. ICH HABE MIR EBEN FAST DIE LUNGE AUS DEM HALS GE-SCHRIEN--
-- TUT MIR LEID, TOMMY-- WAR WOHL IN GEDANKEN-- ICH HABE GERADE AN DICH GEDACHT.
AAH JA. WENN DIE ZEITUN-GEN DIE WAHRHEIT SAGEN, HAST DU WOHL EHER AN 'NE FRAU GEDACHT.
OOCH...

ICH KÜSSTE SIE...
TOMMY... DOKTOR THOMAS ELLIOT. DER CHIRURG, DER MICH RETTETE, UND MEIN KINDHEITSFREUND.
MEIN VATER MUSSTE AUF EINEN MEDIZINISCHEN KONGRESS. MEINE MUTTER WOLLTE, DASS ICH IHN BEGLEITE.
MEIN VATER NAHM ALFRED MIT, ICH HATTE TOMMY DABEI.
IHR JUNGS WARTET GENAU HIER, WÄHREND ALFRED UND ICH EINCHECKEN. GENAU HIER. IST DAS KLAR?
JA, SIR.
IST GEBONGT, DOC.
KEINER AUSSER TOMMY WAGTE ES, SO MIT MEINEM VATER ZU REDEN. ABER SO WAR TOMMY EBEN...

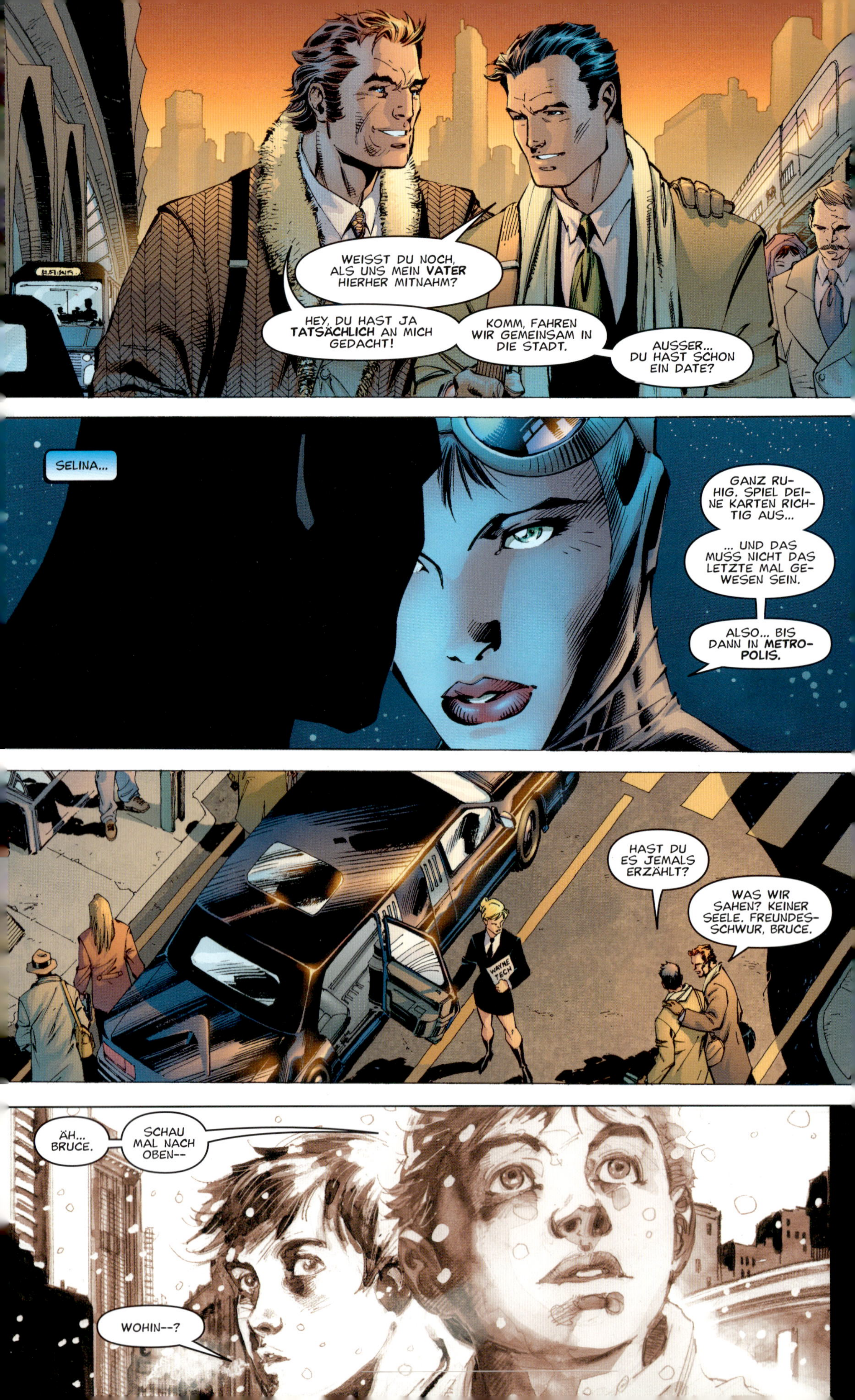
WEISST DU NOCH, ALS UNS MEIN VATER HIERHER MITNAHM?
HEY, DU HAST JA TATSÄCHLICH AN MICH GEDACHT!
KOMM, FAHREN WIR GEMEINSAM IN DIE STADT.
AUSSER... DU HAST SCHON EIN DATE?
SELINA...
GANZ RUHIG. SPIEL DEINE KARTEN RICHTIG AUS...
... UND DAS MUSS NICHT DAS LETZTE MAL GEWESEN SEIN.
ALSO... BIS DANN IN METROPOLIS.
HAST DU ES JEMALS ERZÄHLT?
WAS WIR SAHEN? KEINER SEELE. FREUNDESSCHWUR, BRUCE.
WAYNE TECH
ÄH... BRUCE.
SCHAU MAL NACH OBEN--
WOHIN--?

Ich schwor am Grab meiner Eltern, diese Stadt von dem Bösen zu befreien, das sie das Leben kostete. Bei Tag bin ich Bruce Wayne, Milliardär und Wohltäter. Bei Nacht... der schlimmste Albtraum aller Verbrecher...
BATMAN GESCHAFFEN VON BOB KANE
ES WAR EINES DER ÜBERWÄLTIGENDSTEN DINGE, DIE ICH JE IN MEINEM LEBEN SAH.
DA! ES IST GREEN LANTERN!
Jeph LOEB Autor
Jim LEE Zeichner
Scott WILLIAMS Tuscher
RAM Letterer
Alex SINCLAIR Farben
Bob SCHRECK Red. USA
Steve KUPS Übersetzer
Besonderen Dank an Mark CHIARELLO
HUSH
Kapitel vier DIE STADT

WAS MACHT ER IN METROPOLIS?
ICH HÖRTE, ER KOMMT AUS GOTHAM CITY.
HAST DU IHN JE IN GOTHAM CITY GESEHEN?
ICH SAH NOCH NIE EINEN.
TOMMY-- MEIN DAD SAGTE, WARTET--
ICH GLAUBE, ER IST DORT RAUF!
"MEIN DAD SAGTE"-- "MEIN DAD SAGTE"-- IST DAS DIE ART, WIE DU DEIN LEBEN LEBEN WILLST?
DU DARFST ES NIEMANDEM ERZÄHLEN!
FREUNDES-SCHWUR, BRUCE. NA LOS--!
WHOA.

WO SIND SIE HIN?
DA, UM DIE ECKE. KOMM--!
NEIN. WIR SOLLTEN ZURÜCK.
DER BÖSEWICHT IST ICICLE. DER GEWINNT NIE.
WOHER WEISST DU DAS?
ES IST, WIE ICH ES DIR IMMER SAGE, BRUCE. DU MUSST SO DENKEN KÖNNEN WIE DEIN GEGNER.
ALFRED, BRING DIE MEDIZINTASCHE HOCH INS--
-- WO SIND DIE JUNGS?
ICH GLAUBE, DA HINTEN KOMMEN SIE GERADE, SIR.
WAS SAGTE ICH EUCH?
WARTET AM AUTO. ABER WIR HABEN NUR--
-- WIR SIND NICHT IN GOTHAM, BRUCE.
ICH BIN NICHT NUR FÜR DICH VERANTWORTLICH, SONDERN FÜR EUCH BEIDE.
UND DA MAN KEINEM VON EUCH VERTRAUEN KANN, WERDET IHR BEIDE DEN REST DES WOCHENENDES IM HOTELZIMMER BLEIBEN.
WIR VERLIESSEN DAS ZIMMER WÄHREND DER GANZEN ZEIT IN METROPOLIS NICHT.
WIR STARRTEN STÄNDIG AUS DEM FENSTER UND HOFFTEN, NOCH EINEN HELDEN SEHEN ZU KÖNNEN, DOCH KEINER KAM.
KURZ DANACH BRACHTE MAN MEINE ELTERN UM UND ICH SAH TOMMY KAUM NOCH...

ALLES ÄNDERT SICH.
IM FALLE VON METROPOLIS IST ES SOGAR TATSÄCHLICH ÜBER NACHT GESCHEHEN.
STÄDTE MÜSSEN AUCH WACHSEN UND FALLEN, BRUCE. ICH MEINTE ABER MENSCHEN.
EINEN SPEZIELLEN?
ALF-- ALFRED ERZÄHLTE DIR SICHER, DASS ICH BEI EUCH WAR.
WAR SEHR SCHADE, DASS ICH DICH VERPASST HABE. GELD SCHLÄFT NIE, TOMMY--
"GELD" IST NICHT WICHTIG.
DU HAST EINEN SCHÄDELBRUCH, BRUCE. ICH ZOG KNOCHENSPLITTER AUS DEINEM HIRN.
ICH BIN DANKBAR--
-- DEINE DANKBARKEIT INTERESSIERT MICH NICHT. NUR DEIN GESUNDHEITSZUSTAND.
ICH KANN AUF MICH AUFPASSEN.
GLAUBE ICH DIR GERN ABER ICH WEISS NICHT, DU DIR GENÜGEND ZE ZUM HEILEN LÄSST.
DU BIST KEIN SUPERMA BRUCE.

CATWOMAN...
GEH NICHT.
NUR WEIL DU MICH KÜSSEN DARFST--
-- LASSE ICH MICH NICHT BEHANDELN WIE DEINE BAT-KIDDIES.
HIER, NIMM.
NICHT DEIN HIGHSCHOOL-RING ODER SO, HOFFE ICH?
METROPOLIS IST EINE GROSSE STADT. FALLS DU IVY ZUERST FINDEST, DRÜCKE KURZ DARAUF.
ICH RUFE, DU KOMMST?
DAS BRINGST DU KEINER KATZE BEI.
OH, UND..
... WENN ICH IVY FINDE...
... MUSST DU WARTEN, BIS DU DRAN BIST.

... ABER DIESEN ABWESENDEN AUSDRUCK ERKENNE ICH IMMER. ICH HATTE IHN OFT GENUG SELBST.
NA KLAR.
ICH MUSS DICH DA LEIDER ENTTÄUSCHEN. ICH DACHTE AN DIE ARBEIT.
SOLL DICH MEINE FAHRERIN IRGENDWO HINFAHREN?
SO GERN ICH ES HÄTTE, DASS DIESE JUNGE DAME MICH ÜBERALL HINFÄHRT--
-- SIND'S NUR EINIGE BLOCKS UND ICH KANN EIN WENIG BEWEGUNG EHRLICH GESAGT WIRKLICH GUT VERTRAGEN.
ABER EINE SACHE GIBT ES, DIE DU FÜR MICH TUN KÖNNTEST.
SIND SIE DAS, JA...?
HAST DU NOCH DIESE ANTIKEN KRIEGSSPIELFIGUREN?
HABE ICH, JA.
ICH AUCH. SPIELEN WIR MAL?
NA, UND OB!
UND ICH MÖCHTE, DASS DU WIRKLICH MAL ZU EINEM TERMIN KOMMST, DAMIT ICH UNTERSUCHEN KANN, WIE'S DIR GEHT.
DAS SIND ZWEI SACHEN, DIE ICH FÜR DICH TUN SOLL.
ICH HOFFE, SIE IST'S WERT.
WA-- WER?
DIE FRAU. DARAN DENKST DU DOCH. SEI NICHT SO SCHEU, BRUCE. ICH WEISS, ICH BIN KEIN SOO FESSELNDER UNTERHALTER...
"DINGE ÄNDERN SICH..." NOCH NIE SO SEHR WIE JETZT GERADE-- DURCH SELINA KÖNNTE SICH EINIGES ÄNDERN...
DAILY PLANET

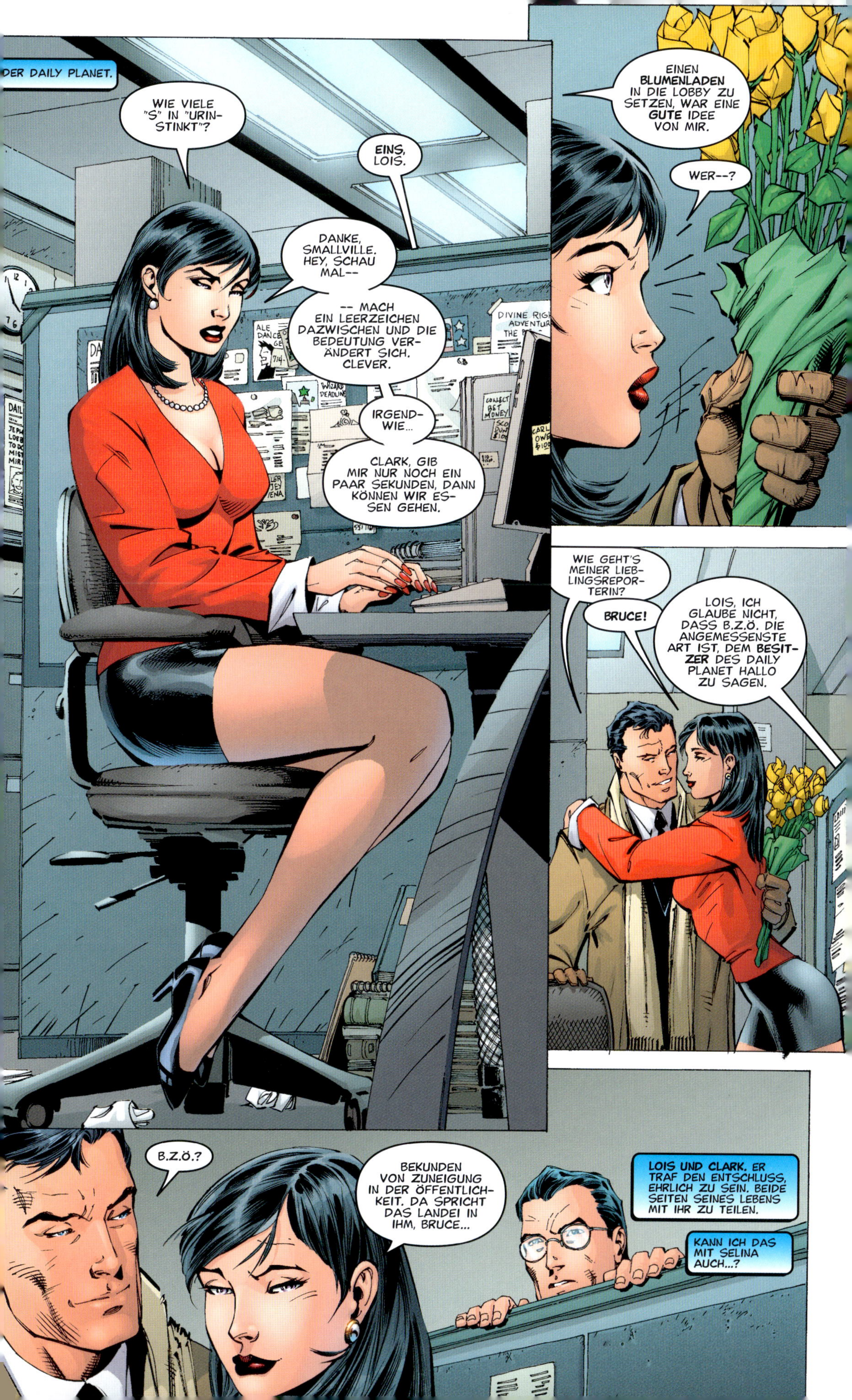
DER DAILY PLANET.
WIE VIELE "S" IN "URINSTINKT"?
EINS, LOIS.
DANKE, SMALLVILLE. HEY, SCHAU MAL--
-- MACH EIN LEERZEICHEN DAZWISCHEN UND DIE BEDEUTUNG VERÄNDERT SICH. CLEVER.
IRGENDWIE...
CLARK, GIB MIR NUR NOCH EIN PAAR SEKUNDEN, DANN KÖNNEN WIR ESSEN GEHEN.
EINEN BLUMENLADEN IN DIE LOBBY ZU SETZEN, WAR EINE GUTE IDEE VON MIR.
WER--?
WIE GEHT'S MEINER LIEBLINGSREPORTERIN?
BRUCE!
LOIS, ICH GLAUBE NICHT, DASS B.Z.Ö. DIE ANGEMESSENSTE ART IST, DEM BESITZER DES DAILY PLANET HALLO ZU SAGEN.
B.Z.Ö.?
BEKUNDEN VON ZUNEIGUNG IN DER ÖFFENTLICHKEIT. DA SPRICHT DAS LANDEI IN IHM, BRUCE...
LOIS UND CLARK. ER TRAF DEN ENTSCHLUSS, EHRLICH ZU SEIN. BEIDE SEITEN SEINES LEBENS MIT IHR ZU TEILEN.
KANN ICH DAS MIT SELINA AUCH...?

DARF ICH MAL AN DEINEN COMPUTER, LOIS?
BÖR-SENTIPP.
BEDIENE DICH NUR, BRUCE.
CLARK, DAS ESSEN...
... WIRD WAR-TEN MÜSSEN. ICH VERSTEHE.
>Instant Message von:
B: O?
O: Metropolis?
B: Sichere diese Verbindung ab.
O: Fertig.
B: Neues über Aztec Gilia?
>Instant Message von:
O: Benötigt Äthylen.
B: Recht alltäglich.
O: Nicht so, wie man es bei LEXCORP herstellt.
O: Sie fabrizierten eine neue Variante, die Temperaturveränderungen widersteht.
O: Perfekt, wenn man unterwegs ist.
>Instant Mess
O: Bevor Du fragst: Es wird d
O: L.C. zu hacken, ist nicht le
B: Lass es. Kenne anderen W
B: Muss weg.
HÄTTE ICH DAS MIT-GELESEN, WÄRE ICH DANN EIFER-SÜCHTIG ODER REICH?
NICHTS VON BEIDEN. HÖCHSTENS GE-LANGWEILT.
MAL IM ERNST, BRUCE, AUSSER MEINER SPRÜHENDEN PER-SÖNLICHKEIT, WAS BRINGT DICH ZU--?
BRUCE!
DAILY PLANET

LUCIUS WARNTE MICH, DASS SIE AUF DEM WEG SIND. TRINKEN WIR EINEN?
KOMMT DRAUF AN. HABEN SIE MEINE ZEITUNG BEREITS RUINIERT?
ICH GEB MIR ALLE MÜHE.
PERRY WHITE IST ZU GUT ALS REPORTER, UM CLARKS GEHEIMNIS NICHT DURCHSCHAUT ZU HABEN. UND DOCH SAGT ER NICHTS...
... WAS MICH ERINNERT, WIE GUT JIM GORDON ALS DETECTIVE IN GOTHAM IST...
VIELLEICHT... KÖNNEN CLARK UND ICH MEHR LEUTEN TRAUEN, ALS WIR BEIDE ZUGEBEN WOLLEN...
NATÜRLICH HABE ICH HOCH BEZAHLTE TOP-REPORTER, DIE OFFENBAR GLAUBEN, DASS MAN HEISSE NEUIGKEITEN HIER IM BÜRO FINDET...
HEY, DU HAST DIESE "URINSTINKT"-GESCHICHTE--
-- PRIMA TITEL--
-- AUF DEM TISCH, BEVOR IHR ZURÜCK SEID!
SCHÖN, DICH ZU SEHEN, PERRY!
SO VIEL ZUM FLIRT MIT DEM "PLAYBOY UND MILLIARDÄR", UM RAUSZUFINDEN, WAS ER WIRKLICH HIER MACHT.
ICH HOFFE, SIE SIND NICHT ZU EIFERSÜCHTIG, MR. KENT.
SOLANGE ICH DER BIN, MIT DEM SIE HEIMGEHEN, MRS. KENT, FLIRTEN SIE NUR.
HMMM... DIE ROSEN WAREN SEHR NETT.
ICH DENKE, ES GIBT NUR EINEN WEG, UM RAUSZUFINDEN, WAS BRUCE WIRKLICH VORHAT...
VIEL SPASS IM KLUB DER STRAMPELANZÜGE.
UND DENK DRAN, DASS EGAL, WIE ER SICH BENIMMT, WENN ER... NA JA--
-- DASS IHR BEIDE FREUNDE SEID.
KLAR.

ICH HATTE ERWOGEN, CLARK ÜBER UNSER KOMMEN VORZUWARNEN.
1138
ES IST SEINE STADT.
ABER... DA SELINA MIT MIR KAM...
DER REPORTER IN IHM... GEPAART MIT SEINEM UNERSCHÜTTERLICHEN GERECHTIGKEITSSINN...
... HÄTTE FALSCHE SCHLÜSSE GEZOGEN...
... UND ICH HÄTTE KEINE LUST, ES ZU ERKLÄREN...

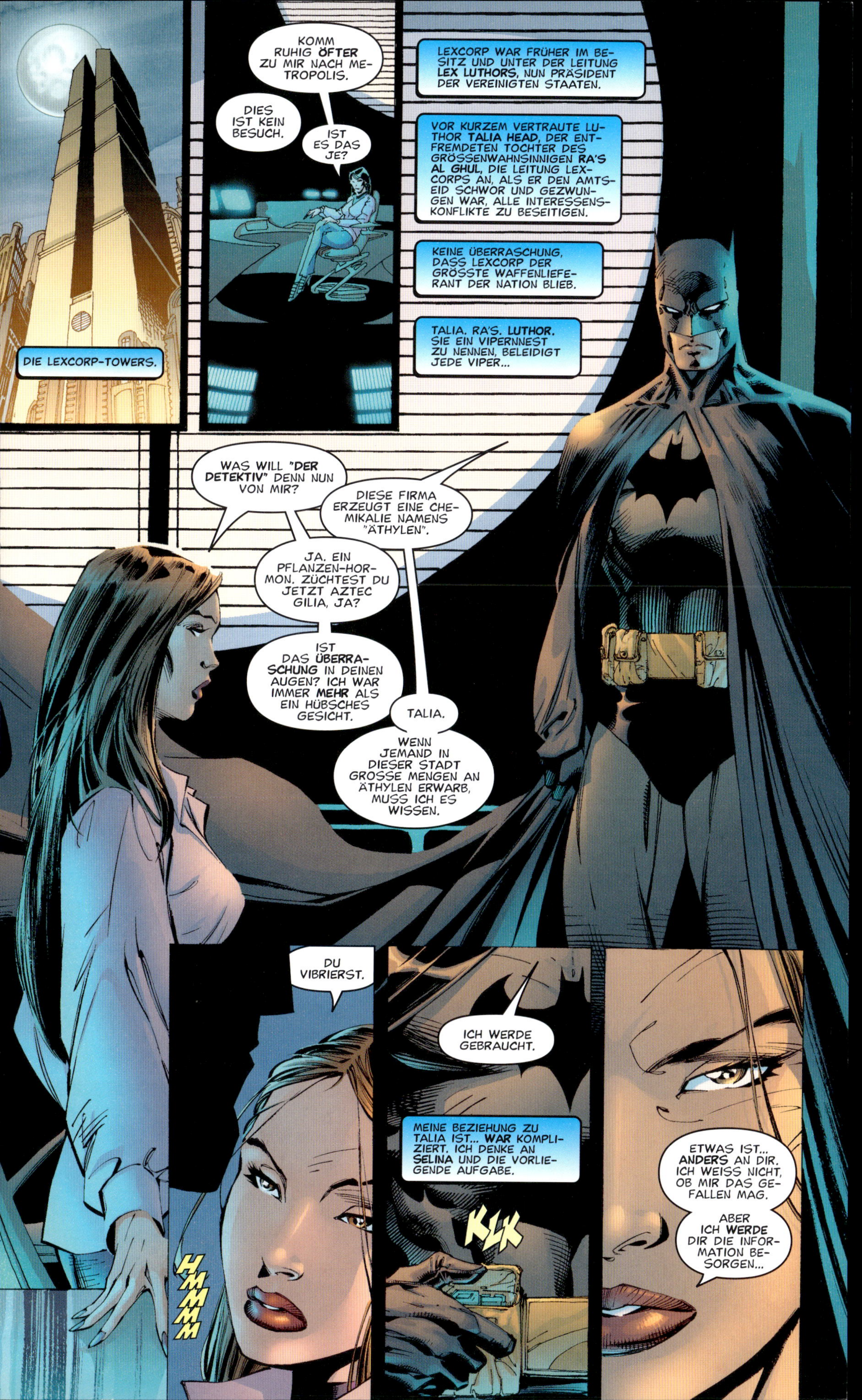
DIE LEXCORP-TOWERS.
KOMM RUHIG ÖFTER ZU MIR NACH METROPOLIS.
DIES IST KEIN BESUCH.
IST ES DAS JE?
LEXCORP WAR FRÜHER IM BESITZ UND UNTER DER LEITUNG LEX LUTHORS, NUN PRÄSIDENT DER VEREINIGTEN STAATEN.
VOR KURZEM VERTRAUTE LUTHOR TALIA HEAD, DER ENTFREMDETEN TOCHTER DES GRÖSSENWAHNSINNIGEN RA'S AL GHUL, DIE LEITUNG LEXCORPS AN, ALS ER DEN AMTSEID SCHWOR UND GEZWUNGEN WAR, ALLE INTERESSENSKONFLIKTE ZU BESEITIGEN.
KEINE ÜBERRASCHUNG, DASS LEXCORP DER GRÖSSTE WAFFENLIEFERANT DER NATION BLIEB.
TALIA. RA'S. LUTHOR. SIE EIN VIPERNNEST ZU NENNEN, BELEIDIGT JEDE VIPER...
WAS WILL "DER DETEKTIV" DENN NUN VON MIR?
DIESE FIRMA ERZEUGT EINE CHEMIKALIE NAMENS "ÄTHYLEN".
JA. EIN PFLANZEN-HORMON. ZÜCHTEST DU JETZT AZTEC GILIA, JA?
IST DAS ÜBERRASCHUNG IN DEINEN AUGEN? ICH WAR IMMER MEHR ALS EIN HÜBSCHES GESICHT.
TALIA.
WENN JEMAND IN DIESER STADT GROSSE MENGEN AN ÄTHYLEN ERWARB, MUSS ICH ES WISSEN.
DU VIBRIERST.
HMMMM
ICH WERDE GEBRAUCHT.
MEINE BEZIEHUNG ZU TALIA IST... WAR KOMPLIZIERT. ICH DENKE AN SELINA UND DIE VORLIEGENDE AUFGABE.
KLK
ETWAS IST... ANDERS AN DIR. ICH WEISS NICHT, OB MIR DAS GEFALLEN MAG.
ABER ICH WERDE DIR DIE INFORMATION BESORGEN...

WIRD ES IN DIESER STADT **NIE** DUNKEL?
SOGAR BEI NACHT ERSTRAHLT SIE, ALS WÄRE SIE WAS BESSERES.
ALSO FUNKTIONIERTE DEIN "SENDER-DINGS".
WAR KLAR.

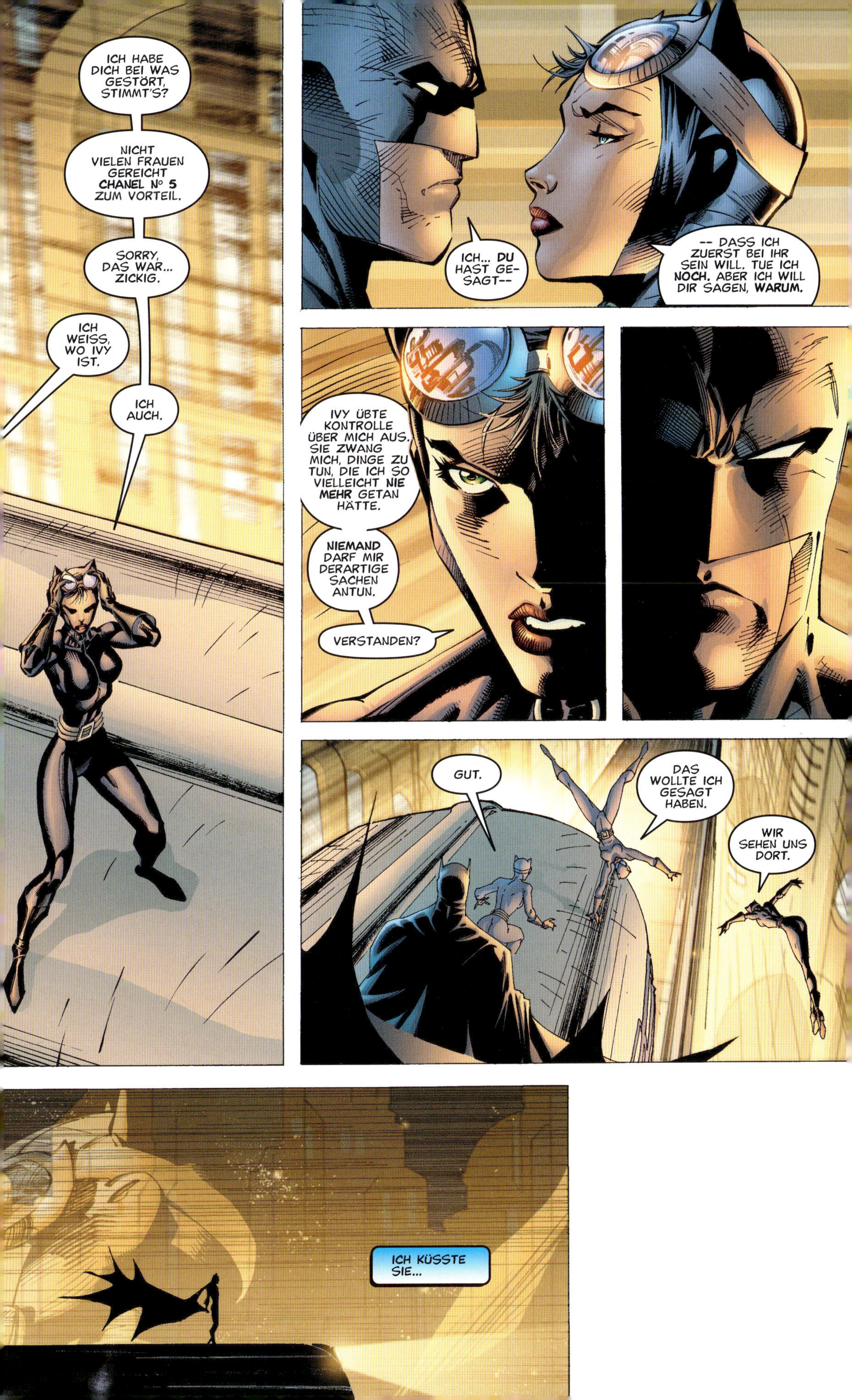

ICH HABE DICH BEI WAS GESTÖRT, STIMMT'S?
NICHT VIELEN FRAUEN GEREICHT CHANEL N° 5 ZUM VORTEIL.
SORRY, DAS WAR... ZICKIG.
ICH WEISS, WO IVY IST.
ICH AUCH.
ICH... DU HAST GESAGT--
-- DASS ICH ZUERST BEI IHR SEIN WILL. TUE ICH NOCH. ABER ICH WILL DIR SAGEN, WARUM.
IVY ÜBTE KONTROLLE ÜBER MICH AUS. SIE ZWANG MICH, DINGE ZU TUN, DIE ICH SO VIELLEICHT NIE MEHR GETAN HÄTTE.
NIEMAND DARF MIR DERARTIGE SACHEN ANTUN.
VERSTANDEN?
GUT.
DAS WOLLTE ICH GESAGT HABEN.
WIR SEHEN UNS DORT.
ICH KÜSSTE SIE...

CATWOMAN...

, GOTHAM CITY ÜHRTE KILLER ROC MICH ZU EI-EM PENTHOUSE, IN VELCHEM ER POISON 'Y VERMUTETE.
E PFLANZEN, DIE H DORT FAND, AREN AZTEC LIA. SIE SIND HAUS BESTEN-ALLS SCHWIERIG U ZÜCHTEN.
'Y HÄNGT AN NEN WIE EINE UTTER AN IH-EM KIND, ALSO AHM SIE SIE UF IHRE REISE ACH METRO-OLIS MIT .
ICH BIN WIEDER BEI DIR.
BIST DU?
WIE DU GESAGT HAST--
-- NIEMAND WIDERSTEHT DIR.
JAAAA...

... ABER ICH MERKE ES IMMER, WENN SICH JEMAND VERSTELLT.
SRAK
DAS
WHAM
WAR
BAM
DTUSH
DAS LETZTE MAL

DASS DU MICH JEMALS SCHLÄGST!
ES BRAUCHT... NICHT SO ZU ENDEN.
ICH HABE GELD-- SO VIEL GELD, DASS--
KEIN INTERESSE.
ABER ICH HABE MICH GEFRAGT...
... OB DU GRÜN BLUTEST?
ÖRK!
UND NEUGIER IST DER TOD FÜR DIE MIEZEKATZ.

DIE **PFLANZEN** MÖGEN ES NICHT, WENN DU IHRE **MUTTER** ANFASST--
-- HEXE!
... LUFT...!
VZIP
IVY.
DU KOMMST MIT ZURÜCK NACH GOTHAM CITY.
BIST DU HERGELAUFEN?
SOSO... DIE MIEZE HAT IHREN **HELDEN** MIT.
GUT.
ICH HABE AUCH EINEN.

HOOM
NEIN.
NICHT HIER.
KRRRKK
THASH
NICHT JETZT.
WHAROOOM
NICHT ER.

WENN DU SIE WILLST--
-- MUSST DU ERST AN MIR VORBEI.
DU HAST IHN GEHÖRT.
MEINEN SUPERMAN.

METROPOLIS.
W-
WAS WAR DAS?
ER.
ICH HASSE DIESE STADT.
WIR VERFOLGTEN POISON IVY WEGEN EINES VERBRECHENS, DAS SIE IN GOTHAM CITY BEGING.
SIE BRACHTE SUPERMAN UNTER IHRE KONTROLLE.
GELIEB-TER.
TÖTE SIE.
SAG, DASS DU 'NEN PLAN HAST.
WENN ICH IHN RICHTIG KENNE--
-- WEISS ICH, WAS ER JETZT GLEICH TUT.

WAS ER NICHT WEISS, IST, WAS ICH JETZT GLEICH TUE.
ZZRACK
RUNTER!
MEINSTE?
WHOOM
WIR HABEN SEKUNDEN, BEVOR ER ERKENNT, DASS WIR NICHT BLEIBEN UND KÄMPFEN.

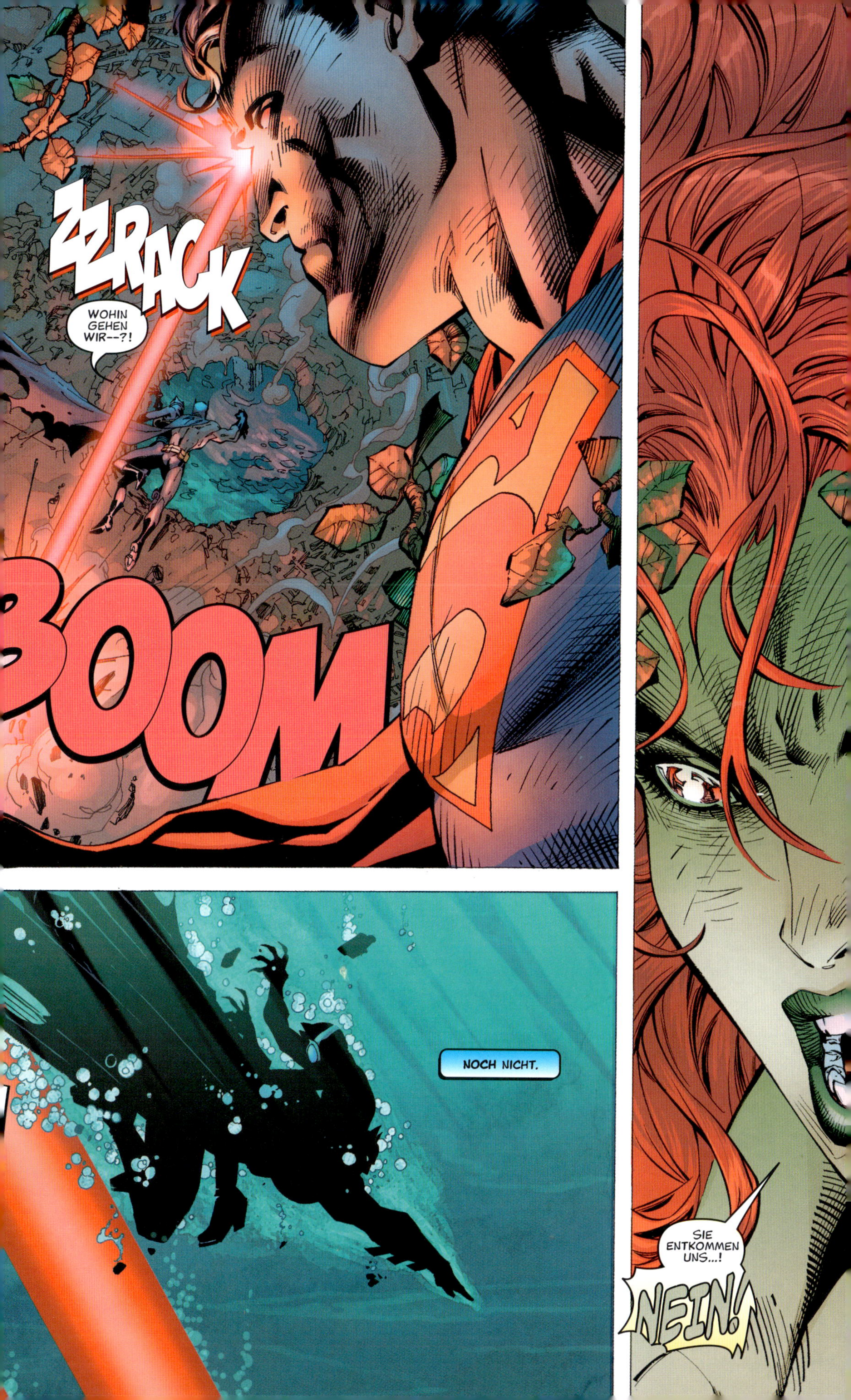
ZZRACK
WOHIN GEHEN WIR--?!
BOOM
NOCH NICHT.
SIE ENTKOMMEN UNS...!
NEIN!

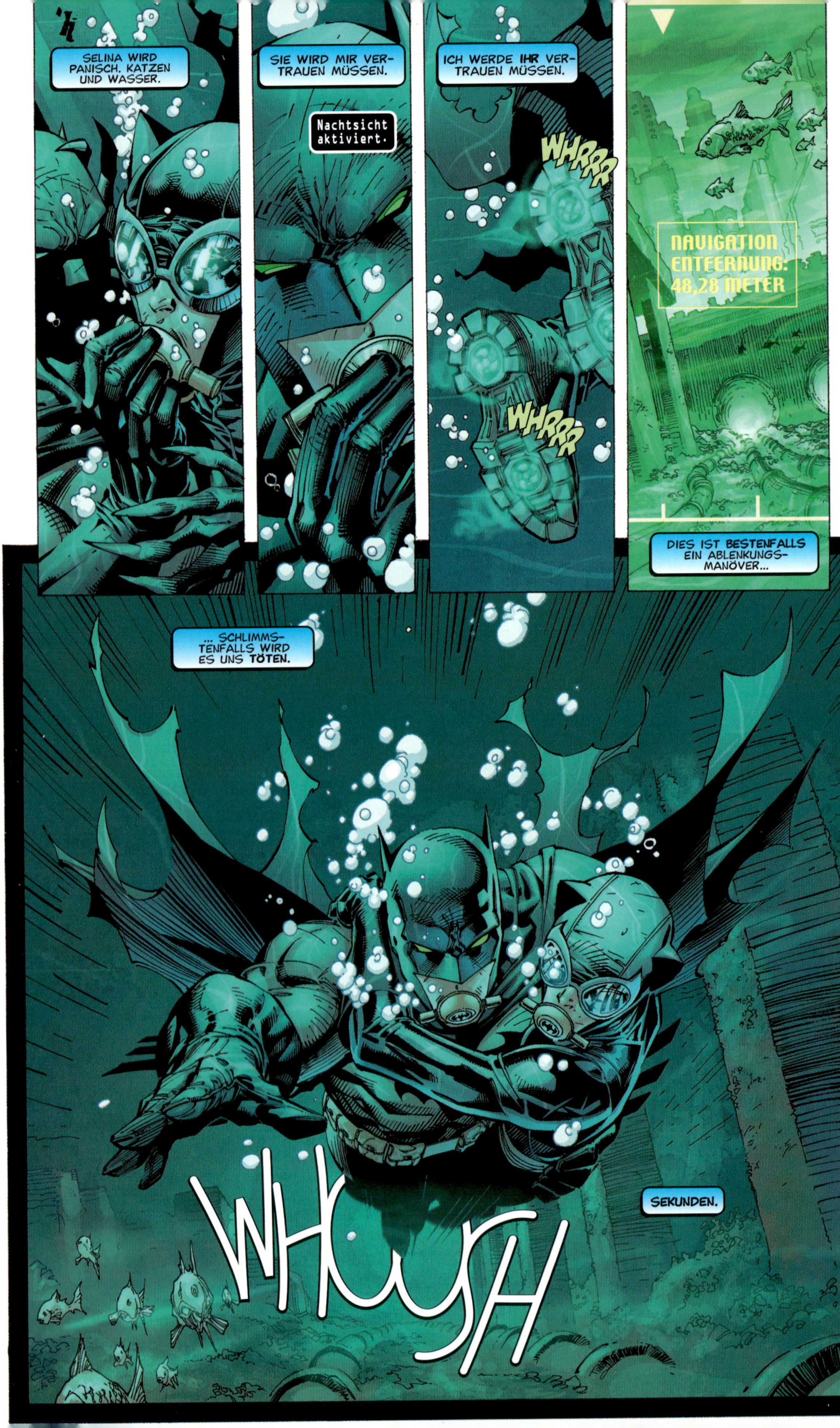
SELINA WIRD PANISCH. KATZEN UND WASSER.
SIE WIRD MIR VERTRAUEN MÜSSEN.
Nachtsicht aktiviert.
ICH WERDE IHR VERTRAUEN MÜSSEN.
WHRRR
WHRRR
NAVIGATION ENTFERNUNG: 48,28 METER
DIES IST BESTENFALLS EIN ABLENKUNGSMANÖVER...
... SCHLIMMSTENFALLS WIRD ES UNS TÖTEN.
WHOOSH
SEKUNDEN.

IVY BENUTZTE CATWOMAN FÜR DAS DING IN GOTHAM.
SIE FÜHLTE SICH DURCH IVY MISSBRAUCHT.
DAS MACHTE DIE JAGD FÜR SELINA PERSÖNLICH.
GEDANKENLOSER.
WERTLOSER.
DUMMER.
MANN.
ICH... TÖTE... NICHT...
ABER DAS HAST DU SCHON.
DIE PFLANZEN SIND MEINE KINDER.
ICH...
VERSUCHST DU, DICH ZU WEHREN?
TÖRICHT.
NIEMAND WIDERSTEHT MIR.
NICHT MAL SUPERMAN.
NUN KOMM NÄHER--
-- ICH ZEIGE DIR NOCH MAL, WAS MICH GLÜCKLICH MACHT...

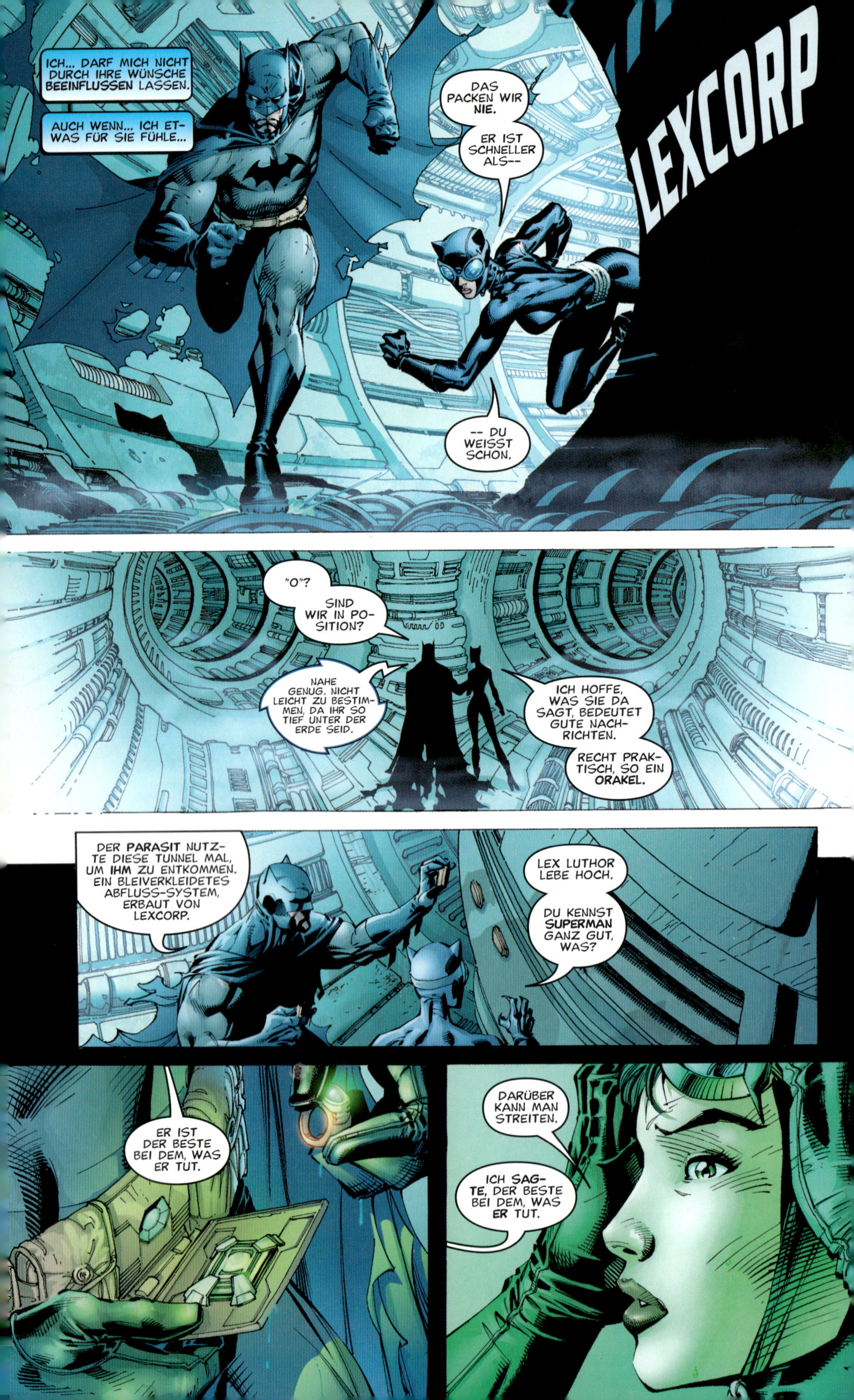
ICH... DARF MICH NICHT DURCH IHRE WÜNSCHE BEEINFLUSSEN LASSEN.
AUCH WENN... ICH ETWAS FÜR SIE FÜHLE...
DAS PACKEN WIR NIE.
ER IST SCHNELLER ALS--
LEXCORP
-- DU WEISST SCHON.
"O"?
SIND WIR IN POSITION?
NAHE GENUG. NICHT LEICHT ZU BESTIMMEN, DA IHR SO TIEF UNTER DER ERDE SEID.
ICH HOFFE, WAS SIE DA SAGT, BEDEUTET GUTE NACHRICHTEN.
RECHT PRAKTISCH, SO EIN ORAKEL.
DER PARASIT NUTZTE DIESE TUNNEL MAL, UM IHM ZU ENTKOMMEN. EIN BLEIVERKLEIDETES ABFLUSS-SYSTEM, ERBAUT VON LEXCORP.
LEX LUTHOR LEBE HOCH.
DU KENNST SUPERMAN GANZ GUT, WAS?
ER IST DER BESTE BEI DEM, WAS ER TUT.
DARÜBER KANN MAN STREITEN.
ICH SAGTE, DER BESTE BEI DEM, WAS ER TUT.

Ich schwor am Grab meiner Eltern, diese Stadt von dem Bösen zu befreien, das sie das Leben kostete. Bei Tag bin ich Bruce Wayne, Milliardär und Wohltäter. Bei Nacht... der schlimmste Albtraum aller Verbrecher...
BATMAN GESCHAFFEN VON BOB KANE
NICHT, WAS ICH TUE.
MAN KOMMT NICHT NACH METROPOLIS, OHNE AUF IHN VORBEREITET ZU SEIN.
Jeph
OEB
Autor
Jim
LEE
eichner
Scott
LLIAMS
Tuscher
RAM
Letterer
Alex
NCLAIR
Farben
Bob
CHRECK
d. USA
Steve
KUPS
bersetzer
esonderen
Dank
n Mark
IARELLO
HUSH
Kapitel fünf
DER KAMPF

ALSO, IST ALLES KLAR?
KLAR. ZUGREIFEN UND AB DIE MAUS.
IRGENDEINEN VON DEN DREIEN.
WENN WIR EINE REAKTION VON IHM WOLLEN, MUSS ES DAS MÄDCHEN SEIN.
SO GUT KENNST DU IHN?
ICH KENNE TYPEN WIE IHN.
WARUM...?
WEIL DU SPÄTER...
... DAS VIELLEICHT NICHT MEHR KANNST.
THOOM
THOOM
MEIN SIGNAL.
VIEL GLÜCK.

ICH GLAUBE NICHT AN GLÜCK.
KRAAASSH
ABER FALLS DOCH... WÄRE NUN DER RICHTIGE ZEITPUNKT DAFÜR.

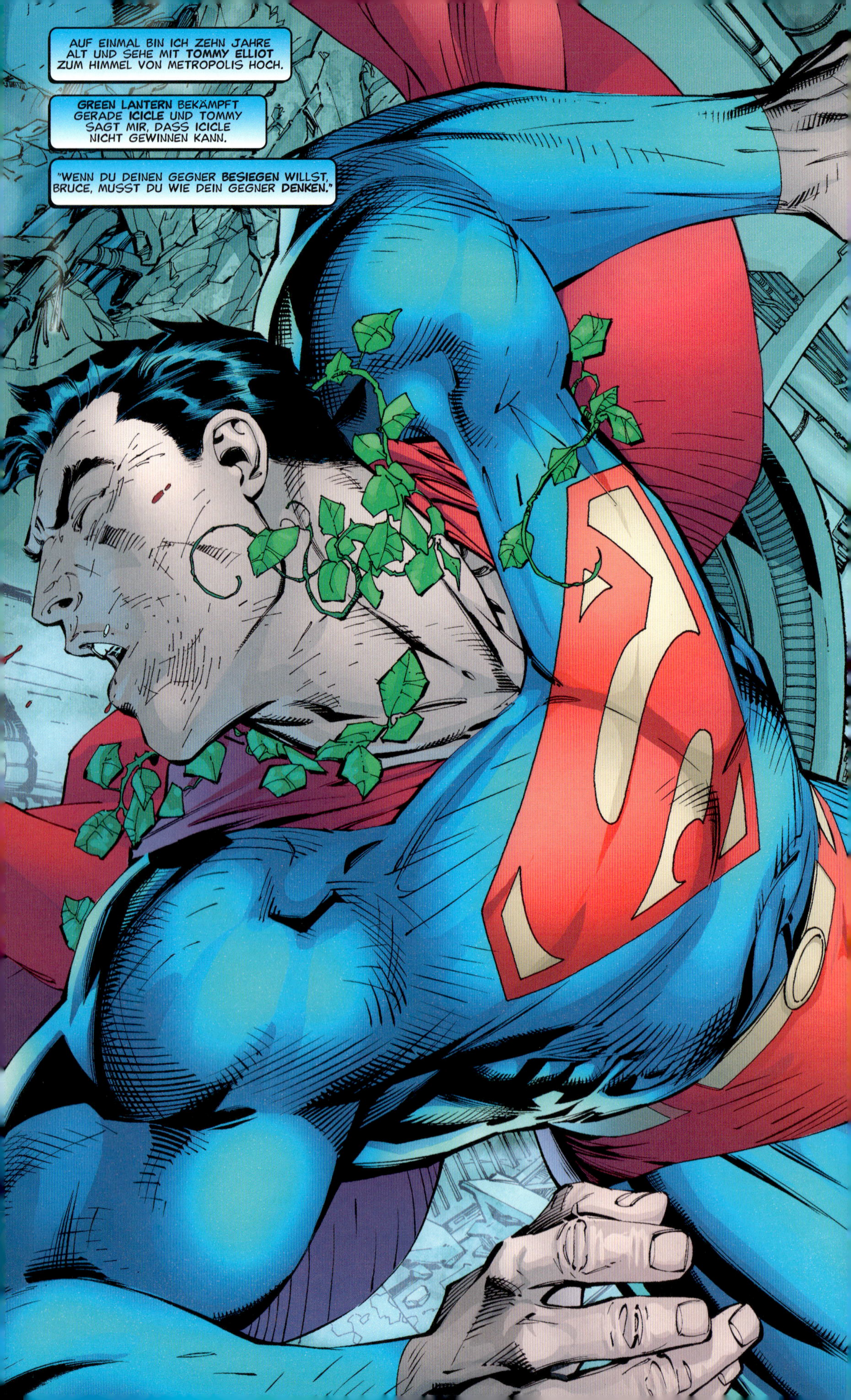
AUF EINMAL BIN ICH ZEHN JAHRE ALT UND SEHE MIT TOMMY ELLIOT ZUM HIMMEL VON METROPOLIS HOCH.
GREEN LANTERN BEKÄMPFT GERADE ICICLE UND TOMMY SAGT MIR, DASS ICICLE NICHT GEWINNEN KANN.
"WENN DU DEINEN GEGNER BESIEGEN WILLST, BRUCE, MUSST DU WIE DEIN GEGNER DENKEN."

WENN CLARK WOLLTE, KÖNN-TE ER MICH MIT SEINEM SUPER-TEMPO IN DEN ZE-MENT MATSCHEN.
ABER ICH WEISS, WIE ER DENKT. ER HAT EINE NOCH VIEL GRÖSSERE SCHWÄ-CHE ALS NUR KRYPTONIT.
TIEF IN SICH DRIN IST CLARK IM GRUNDE EIN GUTER MENSCH...
... UND TIEF IN MIR DRIN BIN ICH KEINER.

ICH MUSS IHN IM ZAUM HALTEN, DAMIT ER NICHT FLIEGEN KANN.
ICH SCHREIE IHN AN, UM IHN ABZULENKEN.
HÖR MIR GUT ZU.
WHAM
DAS GRÜNE K IN DEM RING BREMST SEINE REFLEXE.
ICH ÖFFNETE EINE GASLEITUNG. MACH MIT DEINEM HITZEBLICK NUR EINEN FUNKEN--
-- UND DER GANZE BLOCK GEHT HOCH.
WAM
WENN ICH IHN NOCH EINMAL SCHLAGE, BRECHE ICH MIR TROTZ KEVLAR JEDEN KNOCHEN IN MEINER HAND.
UND DU WEISST, UNTER WELCHEM GEBÄUDE WIR SIND.
BTAM

WIRD ZEIT FÜR ULTRASCHALL.
ICH HÖRE NICHTS-- ABER ER-- UND JEDER HUND IN DER UMGEBUNG-- WIRD NOCH MORGEN FRÜH RASENDE KOPFSCHMERZEN HABEN.
GENUG.
FWOOOSH
KÄLTEPUSTE. ER HÄLT SICH SO GUT ER KANN ZURÜCK...
... UND ICH MUSS ORDENTLICH ZULEGEN.
POP
POP
POP
KLIK
ICH BLENDE IHN.
PHTOOSH
NUN GEHT ES NUR UMS TIMING.
NICHT SO LEICHT, WENN DER GEGNER SCHNELLER ALS EINE KUGEL IST.
CLARK. WAS DAS GAS ANGEHT--

-- LOG ICH.
GAAHHH!!
NICHTS HÄLT IHN AUF. ABER MAN **KANN** IHN BETÄUBEN.
VZZZZZZKxx
AUCH WENN ES SEINE **GANZE STADT** ERFORDERT.
DIE NOTAGGREGATE **ERLEUCHTEN** DIE STADT SOFORT WIEDER.
ICH HOFFE NUR, ICH ERKAUFTE **CATWOMAN** GENÜGEND ZEIT...
KRRK
VSSSS

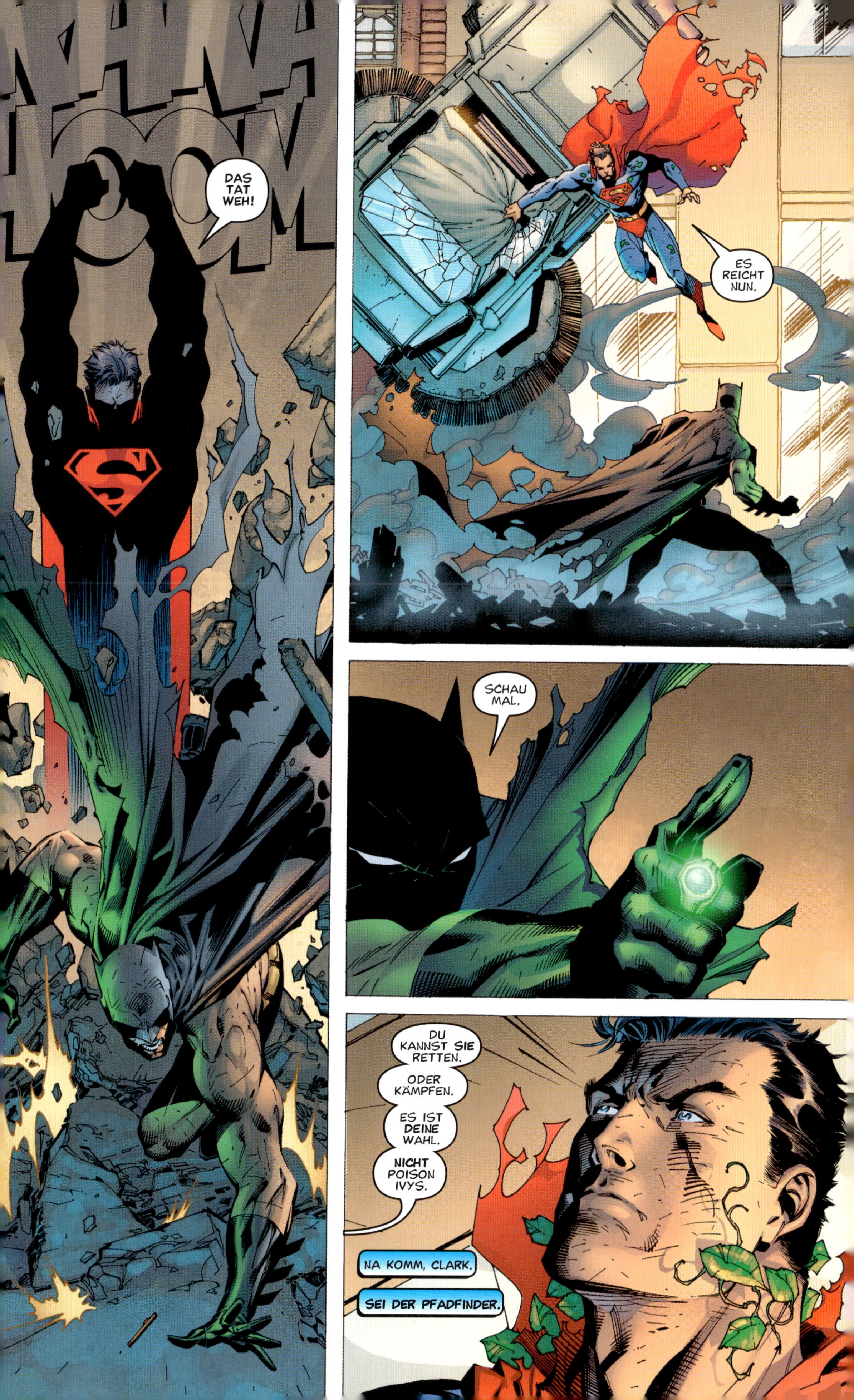
DAS TAT WEH!
ES REICHT NUN.
SCHAU MAL.
DU KANNST SIE RETTEN.
ODER KÄMPFEN.
ES IST DEINE WAHL.
NICHT POISON IVYS.
NA KOMM, CLARK.
SEI DER PFADFINDER.

HALT STILL!
DU BIST NICHT SEHR GUT BEI DIESER GANZEN "MAID IN NÖTEN"-SACHE.
LASS MICH--
UUMMPF!
WHMP
--LOOOOOOOOOOOOOS
CATWOMAN KÖNNTE SIE FALLS NÖTIG FANGEN...

... ABER DAS IST ES NICHT.
ICH HAB DICH.
HI, SCHATZ. VIELEN DANK.
CLARK.
NICHTS FÜR UN-GUT--
-- ABER DU SIEHST ÜBEL AUS.
DER BESTE BEI DEM, WAS ER TUT...

ICH STAND SELBST SCHON UNTER POISON IVYS BANN. AUCH WENN MAN ES NICHT KONTROLLIEREN KANN, BEKOMMT MAN MIT, WAS MAN TUT.
ICH WUSSTE, DASS ER SICH GEGEN SIE WEHRT, WÄHREND ER MICH BEKÄMPFT. WAHRSCHEINLICH SITZT DESHALB MEIN KOPF NOCH AUF MEINEN SCHULTERN.
ABER... EINEN UNSCHULDIGEN MENSCHEN AUS ECHTER GEFAHR ZU RETTEN...
DAVON KONNTE IHN AUCH IVY NICHT ABHALTEN.
IHR ARBEITET JETZT ALSO ZUSAMMEN, JA?
SCHREIBST DU AN EINEM BUCH ODER SO WAS?
ODER SO WAS...
IVY WIRD BALD FORT SEIN. SIE HAT GELD UND EINE GEWISSE ART, UM VERFOLGER ABZUWEHREN.
UND SIE HAT FREUNDE MIT EINFLUSS.
JEMANDEN, DER IHR DAS SYNTHETISCHE GRÜNE K IM LIPPENSTIFT GAB, UM DICH ZU KONTROLLIEREN.
EINE IDEE, WER DAS SEIN KÖNNTE?
ICH ARBEITE DARAN.
AM BESTEN, WIR BEFRAGEN EINFACH IVY.
BIN NUR NICHT SICHER, OB WIR SIE RECHTZEITIG FINDEN.
ABER WIR KENNEN JEMANDEN, DER ES KANN.
ICH GLAUBE, IN DER FESTUNG LIEGT NOCH EIN NEUER DRESS RUM...
PLINK

DAS METROPOLIS PLA-
-ZA. TOMMY UND ICH WA-
REN ALS KINDER HIER.
LEG DAS GELD WEG.
ES
-EHT ZURÜCK
-ACH GOTHAM CITY.
EINEN TEUFEL--
-- WERD ICH.
ICH RIEF GERADE MEINE ALTE FREUNDIN MAGGIE SAWYER AN.
SIE LÄSST DICH VON DER METROPOLIS S.C.U. ÜBERSTELLEN AN DAS G.C.P.D.
WIE HABT IHR MICH GEFUNDEN? ICH--

MANCHMAL KANN KEIN DETEKTIV DER WELT DEN FEINEN GERUCHSSINN EINES SUPERHUNDES SCHLAGEN.
GHRRRR
RRR
HALLO, IVY.
DOK
TSCHÜSS, IVY.
CATWOMAN.
WAR DAS **WIRKLICH** NOTWENDIG?
JA.

ZEIT, DIESE STADT ZU VERLASSEN. ABER ERST KOMMT NOCH CLARKS REDE.
DENK NICHT EINMAL DRAN, HUND.
WARUM NAHM SIE LOIS ALS GEISEL? WEISS SIE...?
ICH SAGTE IHR NUR, DASS DU DICH UM DIE LEUTE, DIE BEIM DAILY PLANET ARBEITEN, SORGST.
SIE HATTE DREI LEUTE ZUR AUSWAHL. LOIS. JIMMY OLSEN. PERRY WHITE.
CATWOMAN WÄHLTE LOIS.
LOIS HÄTTE DABEI UMKOMMEN KÖNNEN.
NEIN.
ICH GLAUBTE AN DICH.

ALL DIE GUTE ARBEIT.
INKLUSIVE DER JLA.
WIE LANGE NUN SCHON?
WIESO?
IMMER DER DETEKTIV.
IMMER DER PFADFINDER.
DANKE.
ICH WEISS HEUTE MEHR DENN JE, DASS ICH DEN RING DEM RICHTIGEN GAB.
WOZU SIND... FREUNDE DA...?
WOZU SIND... FREUNDE DA...?
HA HA HA HA HA

DAS GOTHAM CITY-OPERNHAUS.
ICH SOLLTE PATROUILLIEREN.
OH JA, MASTER BRUCE. IM SCHLAFANZUG HERUMZUTOLLEN IST VIEL WICHTIGER, ALS EINEN GUTEN ZWECK ZU UNTERSTÜTZEN.
HABE ICH WAS GESAGT, ALFRED?
NEIN, ABER SIE DACHTEN ES.
LEONCAVALLO
ICH HABE EINEN UNBEKANNTEN GEGNER. JEMANDEN, DER MICH GUT KENNT.
UND ER KENNT MEINE FEINDE, BRACHTE IHNEN NEUE DINGE BEI.
ICH HABE IHN MIT EINGEPACKT.
BITTE BLEIBEN SIE ZUMINDEST BIS ZUR PAUSE.
GUT. NOCH ETWAS...?
LUCIUS FOX MÖCHTE SIE WEGEN EINES WAYNE TECH-GESCHÄFTS SPRECHEN--
-- DAS WARTEN KANN.
UND SELINA KYLE WIRD AUCH NOCH ZU IHNEN STOSSEN.
ICH NEHME AN, DAS KANN NICHT WARTEN, SIR?
MEINE BEFRAGUNGEN VON KILLER CROC, ALS ER NOCH IN GOTHAM GEFANGEN WAR, SOWIE POISON IVYS VERHÖR ERGABEN NUR WENIG BIS NICHTS IN BEZUG AUF DIE IDENTITÄT MEINES GEGNERS.
ES IST NICHT NUR IHR SCHWEIGEN, DAS MICH FRUSTRIERT. ES IST DIE ART, WIE SIE SCHWEIGEN.
GENUG GESEHEN? ODER SOLL ICH DEN KATALOG SCHICKEN?
ALS OB...
... MAN ES IHNEN SO BEFOHLEN HÄTTE.
BRUCE! SCHÖN, DASS DU KOMMEN KONNTEST.
MACHST DU WITZE, TOMMY? FÜR LESLIE GEHE ICH ÜBERALL HIN, SELBST WENN MEIN ARZT ES VERBIETEN SOLLTE.
HA! HEUTE MACHE ICH 'NE AUSNAHME.
WUSSTE GAR NICHT, DASS DU DIE PARK ROW-KLINIK KENNST.
GUTE TATEN MUSS MAN BELOHNEN. BESONDERS IN DIESER STADT.
WÜRDEN DIE DAMEN UNS BITTE FOLGEN? UNSERE LOGE WARTET.
HALLO, LESLIE.
SELINA! EIN TOLLES KLEID.
ICH BIN MIR BEI MEINEM NEUEN WIDERSACHER NUR ÜBER EINES SICHER. ER ODER SIE HAT ERST ANGEFANGEN.

DIE OPER.
SELTSAMERWEISE DIE PASSION MEINES VATERS, NICHT DIE MEINER MUTTER.
RECHT SO. BRUCE UND SELINA, UND ICH SITZE NEBEN LESLIE. MANN, FRAU, MANN, FRAU.
PAGLIA
WÄHREND MEIN VATER SICH ÜBER LITERATUR UND FILME ÄRGERTE, DIE DANK MEINER MUTTER IN MEIN LEBEN TRATEN--
"WAS BRINGT ES, DEN KOPF DES JUNGEN MIT IMAGINÄREM KRAM ZU FÜLLEN?" NEIGTE ER ZU SAGEN--
-- HATTE ER KEINE SOLCHEN VORURTEILE IN BEZUG AUF DIE WERKE VON VERDI, PUCCINI UND BESONDERS LEONCAVALLO.
ES GAB IRGEND ETWAS AN OPERN-- DARAN, WIE SIE HÄUFIG TRAGISCH ENDETEN-- DAS MEIN VATER REIZVOLL FAND...
ACH, THOMAS--

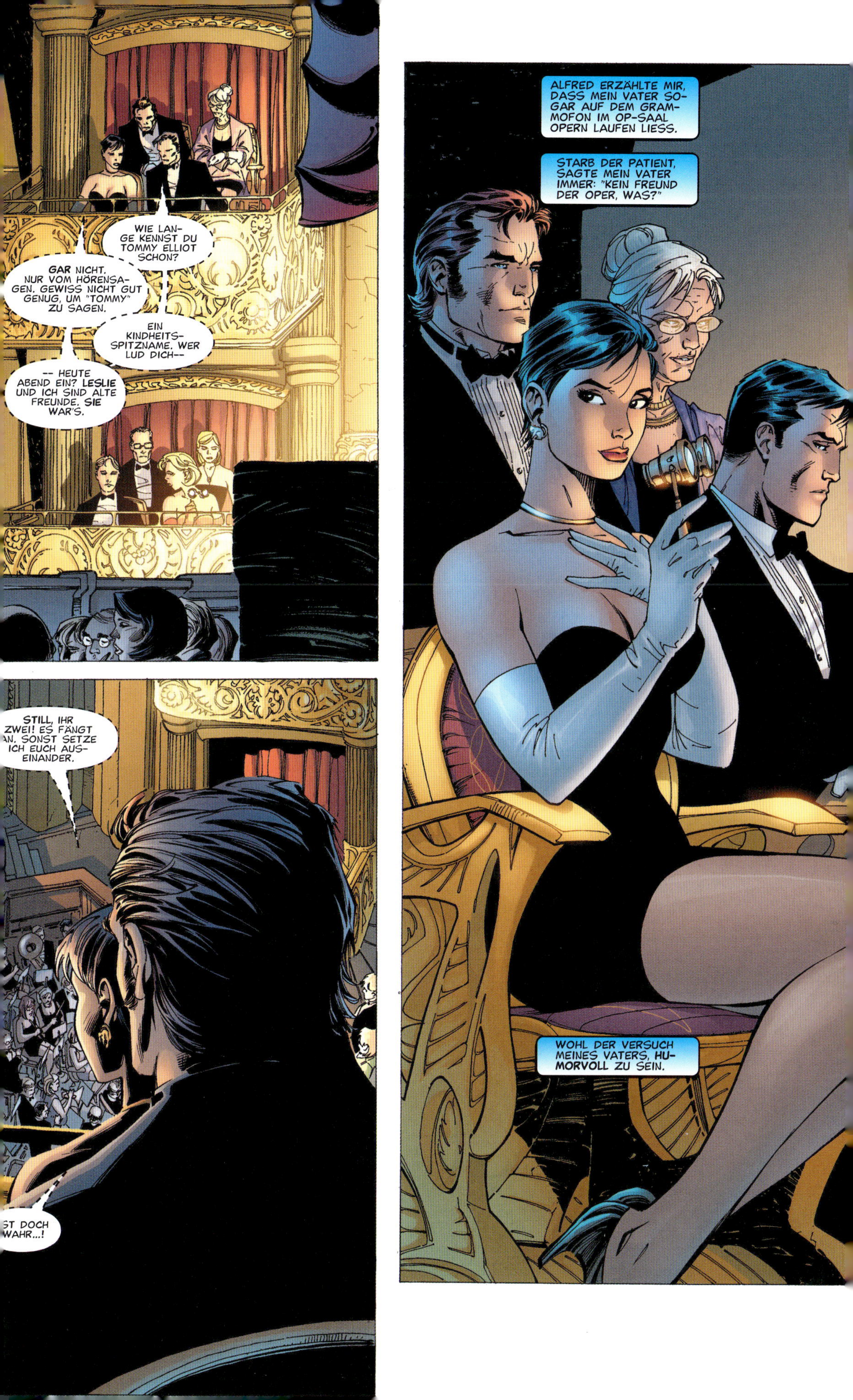
WIE LANGE KENNST DU TOMMY ELLIOT SCHON?
GAR NICHT. NUR VOM HÖRENSAGEN. GEWISS NICHT GUT GENUG, UM "TOMMY" ZU SAGEN.
EIN KINDHEITSSPITZNAME. WER LUD DICH--
-- HEUTE ABEND EIN? LESLIE UND ICH SIND ALTE FREUNDE. SIE WAR'S.
STILL, IHR ZWEI! ES FÄNGT AN. SONST SETZE ICH EUCH AUSEINANDER.
...ST DOCH WAHR...!
ALFRED ERZÄHLTE MIR, DASS MEIN VATER SOGAR AUF DEM GRAMMOFON IM OP-SAAL OPERN LAUFEN LIESS.
STARB DER PATIENT, SAGTE MEIN VATER IMMER: "KEIN FREUND DER OPER, WAS?"
WOHL DER VERSUCH MEINES VATERS, HUMORVOLL ZU SEIN.

RIDI PAGLIACCIO--
THOOM
DER ABEND WIRD DURCH DIE ANWESENHEIT VON SELINA KYLE NUR NOCH KOMPLIZIERTER.
THOOM
MIR FIEL MEINE UHR INS KLO!
WÄHREND ICH WEISS, DASS SIE CATWOMAN IST, KENNT SIE MEIN GEHEIMNIS NICHT.
THOOM
UND ALS BATMAN UND CATWOMAN-- HINTER UNSEREN MASKEN-- BEGANNEN WIR EINE... ROMANZE, DIE BRUCE WAYNE UND SELINA NICHT TEILEN...
BRUCE...? DIESER TEXT...
ICH WEISS. EIN... SELTSAMER AUFTRITT...
BUUU-HUUU-BUUU-HUUU
RRRIP
HA-HA-HA-HEE-HEE-HIHIHI!
RRRIPPP
WIR GÄBEN... "EINE GROSSARTIGE OPER AB", WAR ALFREDS KOMMENTAR.

Ich schwor einer Eltern, diese Stadt von dem Bösen zu b ie das Leben kostete. Bei Tag bin ich Bruce iardär und Wohltäter. Bei Nacht... der sch raum aller Verbrecher...
BATMAN
GESCHAFFEN VON BOB KANE
HUSH
Kapitel sechs
DIE OPER
Jeph LOEB Autor
Jim LEE Zeichner
Scott WILLIAMS Tuscher
RAM Letterer
Alex SINCLAIR Farben
Bob SCHRECK Red. USA
Steve KUPS Übersetzer
Besonderen Dank an Mark CHIARELLO
OPER, SCHMOPER!
HARLEY QUINN. DIE FREUNDIN DES JOKERS.

DAMEN UND DEPPEN! WIR HABEN EINE KLITZEKLEINE ÄNDERUNG FÜR SIE.
ANSTATT IHNEN TAUSEND DOLLAR PRO SITZPLATZ ZU RAUBEN FÜR DIE OPER HEUTE ABEND--
-- RAUBEN WIR SIE AUS!
ICH KENNE SIE SCHON, LEUTE. GLAUBT MIR, ICH TU EUCH 'NEN GEFALLEN!
DAS IST UNERHÖRT. ICH RUFE DIE POLIZEI--
HASST IHR DAS AUCH?
IHR VERSUCHT, NUR EIN WENIG SPASS ZU HABEN--
-- UND SO EIN BLÖDHAUFEN VERGISST, SEINE PIEPSER UND HANDYS WÄHREND DER SHOW ABZUSTELLEN!
SMASH
MEINEN QUELLEN ZUFOLGE ARBEITETE SIE ZULETZT IN METROPOLIS, GEMEINSAM MIT...
... POISON IVY.
NACH IVYS VERHAFTUNG IN METROPOLIS UND IHRER ÜBERFÜHRUNG ZURÜCK NACH GOTHAM CITY...

... WAR ES NUR EINE FRAGE DER ZEIT.
DAS IST JA DER MILLIONÄR **BRUCE WAYNE?!**
BITTE SAG'S KEINEM, ABER ICH WERDE GANZ KRIBBELIG, WENN ICH REICHE UND PROMINENZ BERAUBE.
KOMMST MIR **BEKANNT** VOR, SCHWESTER.
HAST DU SCHON MAL ZEIT IN **ARKHAM** VERBRACHT?
NEIN.
SEHR SCHADE. DU WÄRST DA DER **RENNER.**
BITTE. NEHMEN SIE, WAS IE WOLLEN. TUN SIE NUR NIEMANDEM WEH!
BLUB. BLUB. BLAH. BLAH.
EIN WITZ, ODER?
BEHALT DEINEN TRÖDEL, LADY.
SO, WAS HABEN **WIR** DENN BEI UNS, MISTER ICH-RUF-GLEICH-DIE-BULLEN?
WAGE ES JA NICHT--
ALS HÄTTEST DU GROSS DIE **WAHL!**
UIII. HÜBSCH.
ICH ERKENNE DEN STEIN. EIN GESCHENK VON TOMMYS MUTTER.

WAS IST DAS, TOMMY?
DAS GAB MIR MEINE MOM, BRUCE. ES IST EIN KREIS. BEDEUTET, DASS DAS LEBEN WEITERGEHT, ODER SO.
ES SIEHT AUS WIE EIN BONBON! DEN ESSE ICH DIR JETZT WEG!
GIB DAS HER!
GIB ES HER, BRUCE, ODER ICH TUE DIR SO WEH--
HIER! NIMM ES!
T-TUT MIR LEID, TOMMY. ICH HAB DOCH NUR SPASS GEMACHT.
... DER JADE-ANHÄNGER BEDEUTETE TOMMY SEHR VIEL...

NEIN!
ICH KENNE MICH AUS MIT MUTTER-DINGEN...
WER WAS FINDET--
-- DER BEHÄLT--
WÄÄH!
... DIE EINEM EIN DIEB IN DER NACHT RAUBT...

MENNO!
SCHUBSEN
GILT
NICHT!
BLAM
BLAM
DER BÖ-SE MANN VERDIRBT UNS ALLEN DEN SPASS!
BLAM
RECHT SO, JUNGS! STÜRMISCHER BEIFALL!
BLAM
BLAM BLAM BLAM BLAM BLAM BLAM BLA
ERNEUT ÜBERTRETEN MEINE FEIN-DE IHRE GEWOHNTEN GRENZEN.
HARLEY VERSUCHTE NOCH NIE SO ETWAS... GROSSES.

DOKTOR ELLIOT! HINLEGEN, SIE IDIOT!
ICH WEISS, WAS ICH TUE!
BLAM BLAM
BLAM
BLAMBLAMBLAMBLAM
NIEMAND **BERAUBT** MICH. **NIEMAND.**
BLAMBLAMBLAMBLAMBLAM
BRUCE! SAG DEINEM FREUND--
-- BRUCE...?
ER LIEF WEG, UM HILFE ZU HOLEN.
MÄNNER!
ALSO, DU LÄSST SIE DOCH WOHL NICHT DEN **GANZEN** SPASS ALLEIN HABEN?
LESLIE, ICH LASSE SIE NICHT--
ICH HAB SCHON SCHLIMMERES ERLEBT.
ICH BIN SICHER, IN DEINEM SCHWARZEN TÄSCHCHEN IST MEHR DRIN ALS DEIN GELD UND LIPPENSTIFT--
-- LOS, SIE DARF **NIEMANDEM** WEHTUN.

ALFRED WIRD ENTTÄUSCHT SEIN.
ICH SCHAFFTE ES **NICHT** BIS ZUR PAUSE.

BLAM
BLAM
BLAM
ICH HABE GROSSE PREMIERE UND ER STIEHLT MIR DIE SCHAU!

MEINE OBERSTE PRIORITÄT IST DIE SICHERHEIT DER GÄSTE.
BLAM
BLAM
BLAM
SOLANGE DIE SCHÜTZEN IM ORCHESTERGRABEN BLEIBEN, HABE ICH ALLES UNTER KONTROLLE.
REIZGAS. RAUCH. BLENDGRANATEN. BATARANGS.
PHT
PHT
PHT
PHT
PHT
PHT

BLAMBLAMBLAM
ABER. ABER. ABER. MISTER B.
DU KANNST DICH WIRKLICH NUR ANS SKRIPT HALTEN, WAS?
SKRIPT? HARLEY WAR BISHER BESTENFALLS IMMER NUR PARANOID. ABER... KÖNNTE DIESER GANZE ÜBERFALL NACH DREHBUCH ABLAUFEN? UND FÜR WEN?
UGNN...
HUNK
THUNK
ICH HABE... EINE KAPUZE MIT KEVLARVERSTÄRKUNG. UM MEINEN SCHÄDEL NACH DER OPERATION ZU SCHÜTZEN--
-- ABER ICH BESTAND TROTZ ALFREDS PROTEST DARAUF, SIE NICHT MITZUNEHMEN.
AN DEINER IMPROVISATION SOLLTEST DU NOCH ETWAS ÜBEN!
DACHTE, ICH SEI STÄRKER. ICH MUSSTE STÄRKER SEIN. UND MEIN FEIND NUTZT MEINEN ÜBERMUT AUS.

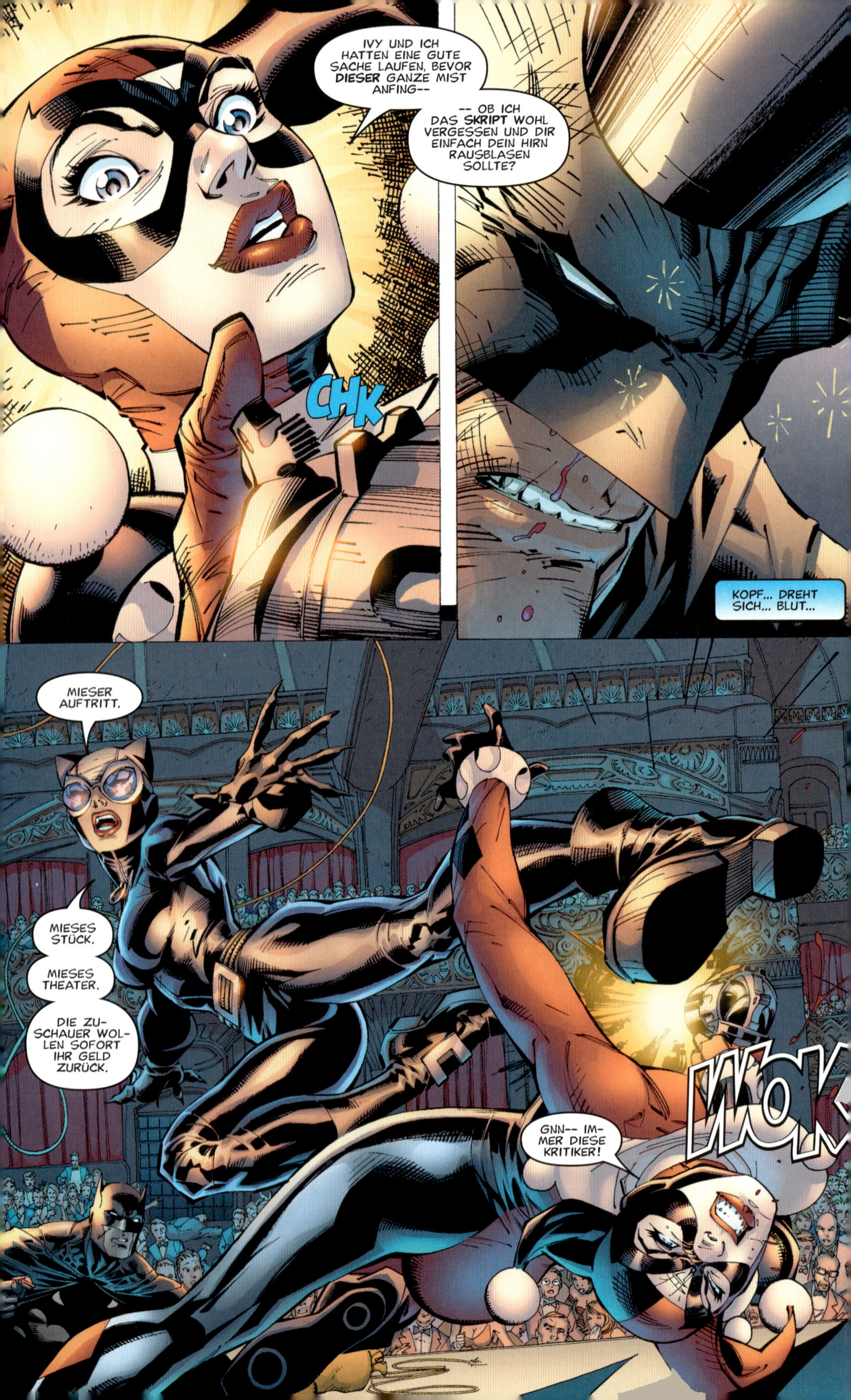
IVY UND ICH HATTEN EINE GUTE SACHE LAUFEN, BEVOR **DIESER** GANZE MIST ANFING--
-- OB ICH DAS **SKRIPT** WOHL VERGESSEN UND DIR EINFACH DEIN HIRN RAUSBLASEN SOLLTE?
CHK
KOPF... DREHT SICH... BLUT...
MIESER AUFTRITT.
MIESES STÜCK.
MIESES THEATER.
DIE ZUSCHAUER WOLLEN SOFORT IHR GELD ZURÜCK.
WOK
GNN-- IMMER DIESE KRITIKER!

THUD
OH, KLASSE-- EIN ERSATZMANN... FÜR ROBIN, DIE WUNDERGEI-SEL...
NIE--
SMAK
-- IM LEBEN.
HEY, WENN DU DIE ROLLE NICHT WILLST, SPIEL SIE NICHT, MIEZE.

ZEIT FÜR
EINEN
ABGANG ÜBER
DIE
BÜHNE
LINKS!
ODER IST HIER BÜHNE RECHTS?
--GUHH.
GOTTCHEN! DIESE PLÄTZE SIND WIRKLICH BILLIG!
THRASH
SCHAU, LIEBSTE, ER FÄNGT SIE!
BEACHTLICH!

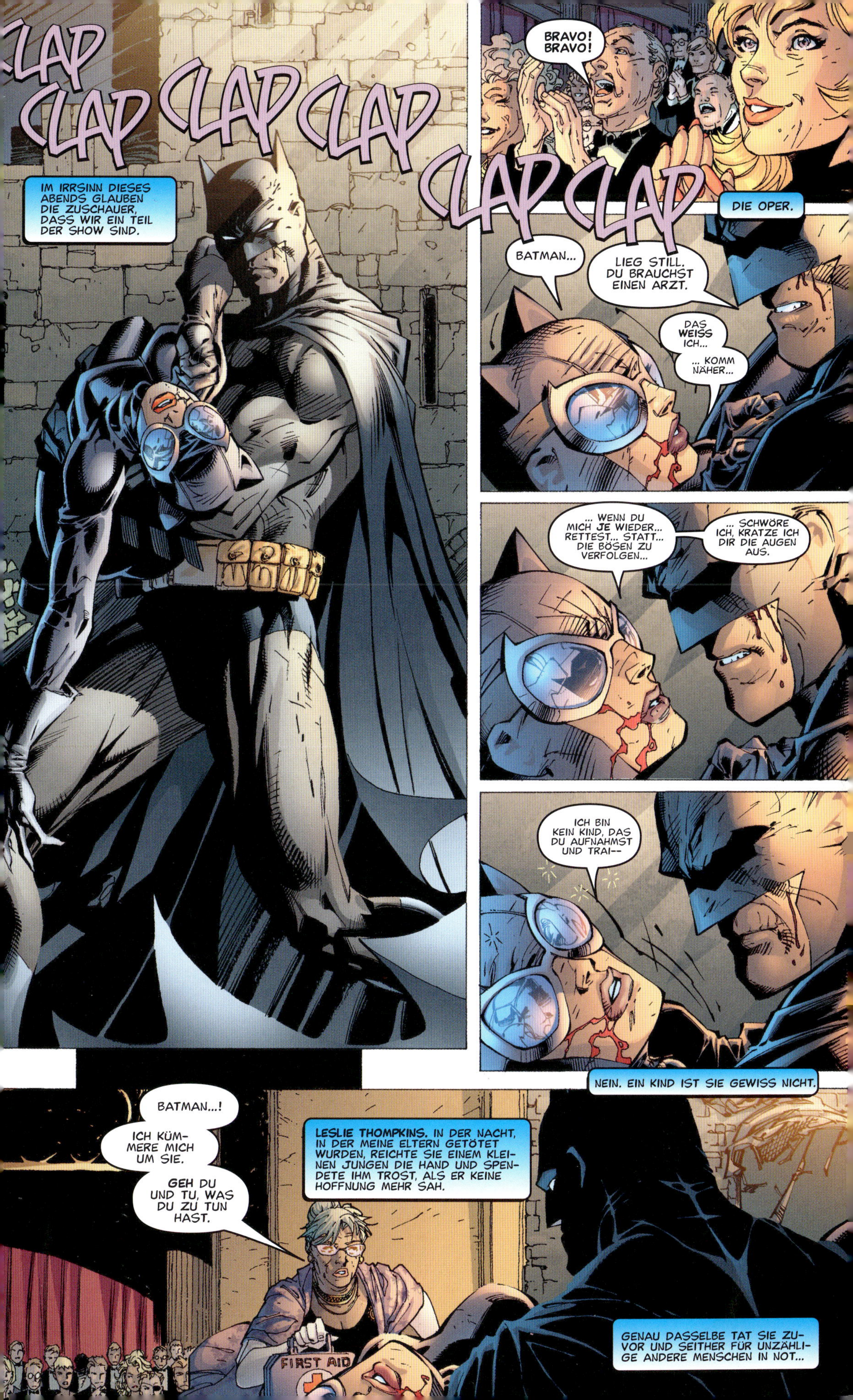
CLAP CLAP CLAP CLAP CLAP CLAP
IM IRRSINN DIESES ABENDS GLAUBEN DIE ZUSCHAUER, DASS WIR EIN TEIL DER SHOW SIND.
BRAVO! BRAVO!
DIE OPER.
BATMAN...
LIEG STILL. DU BRAUCHST EINEN ARZT.
DAS WEISS ICH...
... KOMM NÄHER...
... WENN DU MICH JE WIEDER... RETTEST... STATT... DIE BÖSEN ZU VERFOLGEN...
... SCHWÖRE ICH, KRATZE ICH DIR DIE AUGEN AUS.
ICH BIN KEIN KIND, DAS DU AUFNAHMST UND TRAI--
NEIN. EIN KIND IST SIE GEWISS NICHT.
BATMAN...!
ICH KÜMMERE MICH UM SIE.
GEH DU UND TU, WAS DU ZU TUN HAST.
LESLIE THOMPKINS. IN DER NACHT, IN DER MEINE ELTERN GETÖTET WURDEN, REICHTE SIE EINEM KLEINEN JUNGEN DIE HAND UND SPENDETE IHM TROST, ALS ER KEINE HOFFNUNG MEHR SAH.
FIRST AID
GENAU DASSELBE TAT SIE ZUVOR UND SEITHER FÜR UNZÄHLIGE ANDERE MENSCHEN IN NOT...

UND SO ENDET UNSERE HEUTIGE VORSTELLUNG.
MS. QUINN IST ALS NÄCHSTES IN "GELUNGENE FLUCHT" ZU SEHEN, VOM STAR SELBST VERFASST.
ICH WILL, WAS DU MIR GESTOHLEN HAST.
WHUMPH
UND LEUTE IN DER WÜSTE WOLLEN EIS--
-- ABER DAS BEDEUTET NICHT, DASS SIE ES KRIEGEN.
APPLAUS.
APPLAUS.
APPLAUS.
GIB ES ZURÜCK!
EXIT
SELINAS OHRRING. HARLEY KAM HIER LANG...

KRAKA THOOM
MEIN KOPF PLATZT...
... ABER NACH DEM, WAS HARLEY SELINA ANTAT, MUSS ICH--
BRAK
BANG
NEIN.
NEIN!

BANG
DAS NENNE ICH MAL EINEN AUFTRITT!
HEHAHAHEHAHAHAHA
ES GAB IRGEND ETWAS AN OPERN-- DARAN, WIE SIE HÄUFIG TRAGISCH ENDETEN-- DAS MEIN VATER REIZVOLL FAND...
ES GEHT WEITER...

HUSH

COVER GALLERY

BATMAN 608

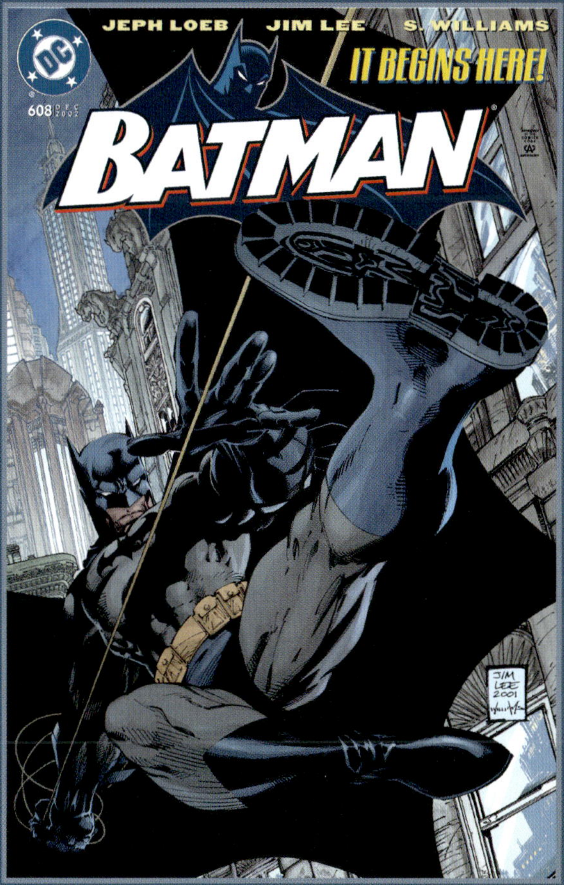

BATMAN 609

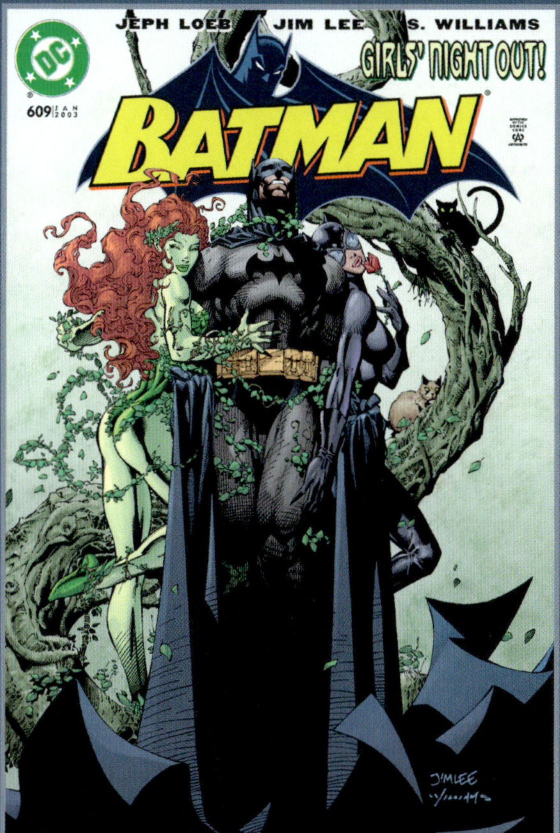

HUSH

COVER GALLERY

BATMAN 608 VARIANT EDITION

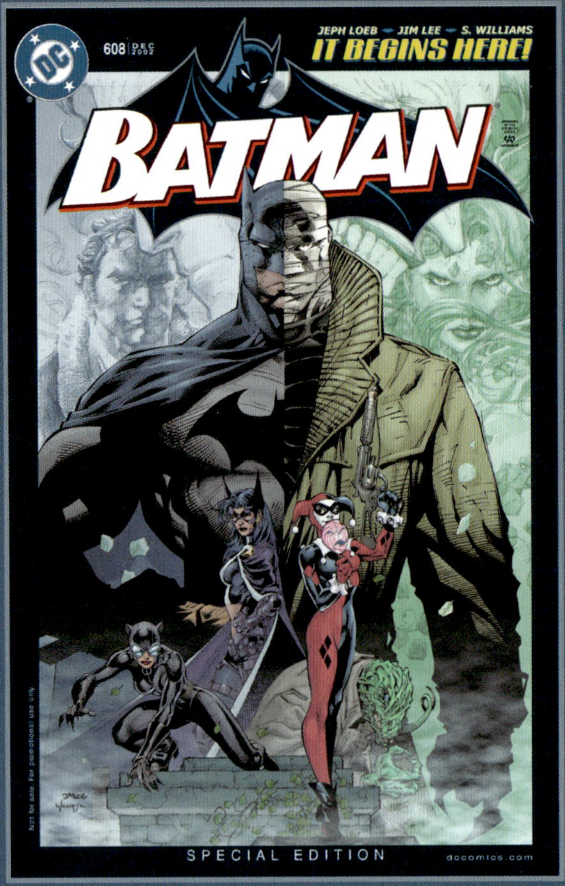

BATMAN 608 VARIANT EDITION

BATMAN 610

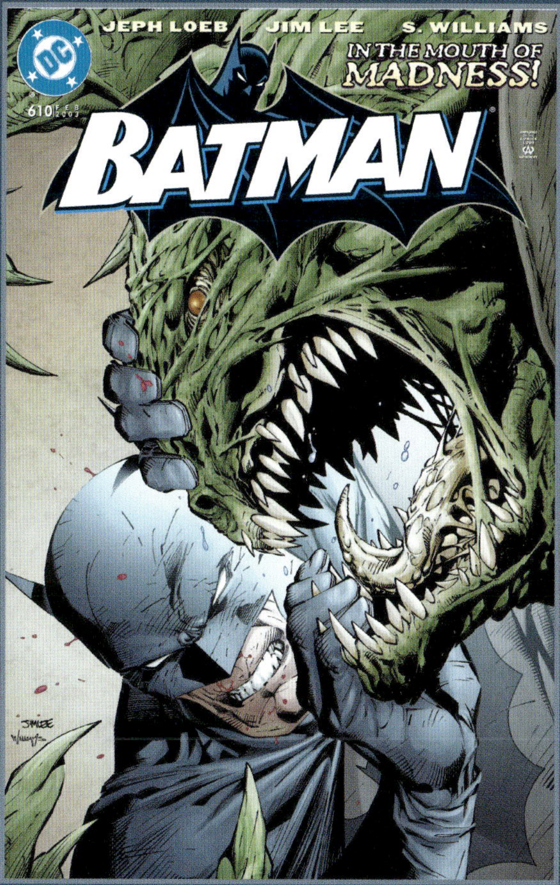

BATMAN 611

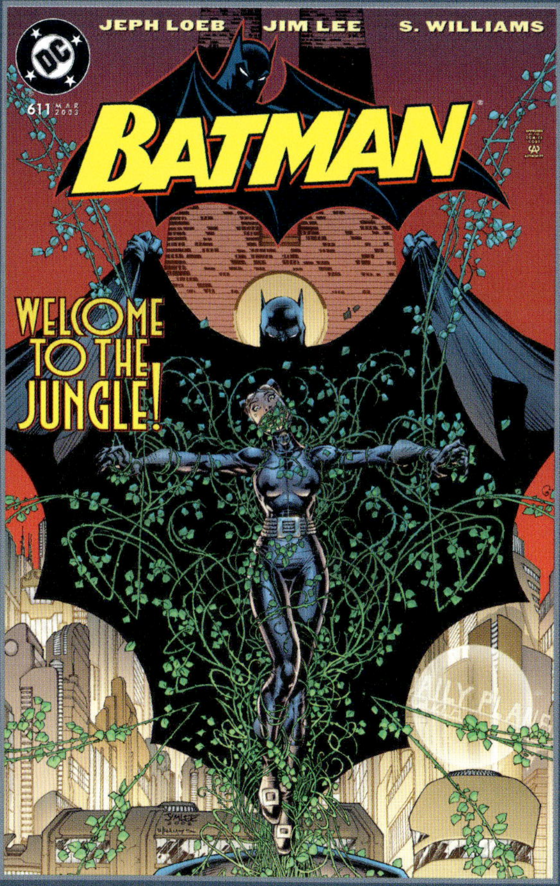

HUSH

COVER GALLERY

HUSH

COVER GALLERY

BATMAN 612

BATMAN 613

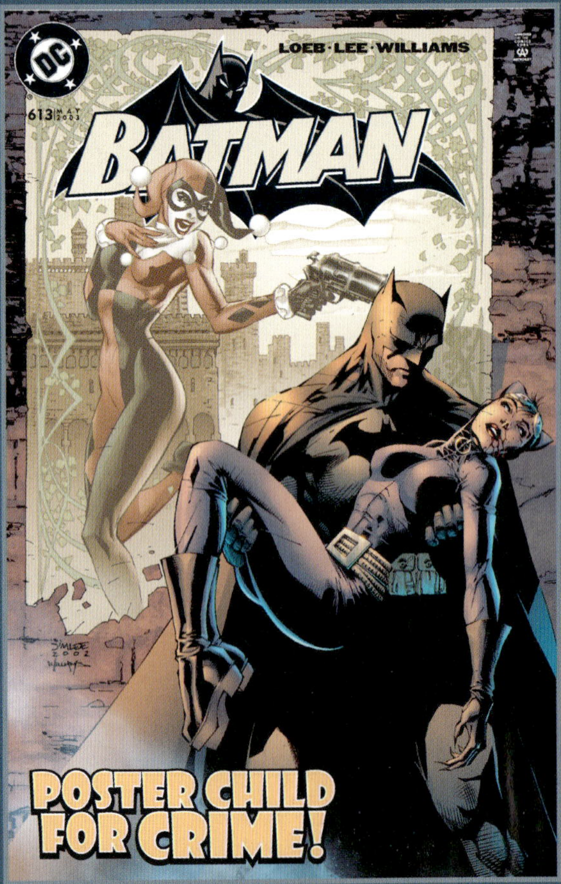